孫子兵法

전략 경영에 활용하는
손자병법

니시무라 카즈미 • 타케다 쿄우손 지음

김진수 옮김

圖解 전략 경영에 활용하는 손자병법

孫子兵法

도서출판 청어람

전략 경영에 활용하는 손자병법

초판 1쇄 찍은 날 / 2002년 12월 20일
초판 1쇄 펴낸 날 / 2002년 12월 30일

지은이 / 니시무라 카츠미 · 타케다 쿄우손
옮긴이 / 김진수
펴낸이 / 서경석

편집장 / 문혜영
편집 / 김희정
마케팅 / 정필 · 강양원 · 이선구 · 김규진

펴낸곳 / 도서출판 청어람
등록번호 / 제1081-1-89호
등록일자 / 1999. 5. 31
어람번호 / 제3-0003호

주소 / 경기도 부천시 원미구 심곡1동 350-1 남성B/D 3F (우) 420-011
전화 / 032-656-4452 팩스 / 032-656-4453
http://www.chungeoram.com
E-mail / eoram99@chollian.net

© 니시무라 카츠미 · 타케다 쿄우손, 2002

ISBN 89-5505-551-X 03830

※ 파본은 본사나 구입하신 서점에서 교환하여 드립니다.
※ 값은 뒤표지에 있습니다.

머리말

승리의 법칙, 그것이 전략입니다.

‘경영 전략’과 ‘군사 전략’은 언뜻 생각하기에는 전혀 관계가 없는 것 같지만 전략의 근본 정신은 ‘손자병법(孫子兵法)’ 시대에서부터 현재까지 엄연히 이어져 내려오고 있습니다.

경영 전략과 군사 전략의 최종 목적은 승부에서 이겨 이익을 얻는 것입니다. 승부에서 이기기 위해서는 그에 필요한 공통된 법칙이 있는데, 그 법칙은 극히 논리적인 것입니다. 우리들은 이러한 법칙을 ‘승리의 법칙’이라고 합니다.

이 책에서는 현대의 경영 전략과 군사 전략을 2차원적으로 비교하며 승리의 법칙을 풀이해 나가려고 합니다. 독자 여러분은 이 두 전략을 이해함으로써 승리의 법칙이 보편적이라는 사실을 깨닫게 될 것입니다.

현대의 경영 전략이나 과거의 군사 전략 모두 그것을 움직이는 것은 인간입니다. 인간의 본능과 습성은 시대가 바뀌어도 크게 변하지는 않았습니다.

전략이란, 인간의 장점을 살리고 약점을 극복하기 위해 생겨났다 해도 과언이 아닙니다.

목적 의식을 지닌 인간은 예상했던 것 이상의 힘을 발휘하는 법입니다. 조직에 그러한 목적 의식을 부여하는 것이 바로 전략입니다.

또 멀리 돌아가지 않고 최단거리로 목적을 달성할 수 있는 방법을 찾는 것도 전략이라 할 수 있습니다. 전략이란 그저 열심히 노력하는 것이 아닌 어떻게 노력하면 좋을지를 가르쳐 주는 것입니다.

지금까지 현대 경영 전략과 군사 전략을 체계적이며 유기적으로 논한 책은 없었습니다. 그러나 이번 기회에 '야마가류 병법(山鹿流兵法:에도 시대의 병법가인 야마가 소코우(山鹿素行)가 제창한 병법)' 을 비롯하여 오랫동안 역사와 군사 전략을 연구해 온 타케가 쿄우손 씨와 함께 웅대한 전략론과 승리의 법칙을 독자 여러분께 피로(披露)하게 되었습니다.

이 책을 통해 군사 전략과의 다방면적인 접근으로 현대 경영 전략을 보다 깊게 이해할 수 있게 되기를 바라며 경영 전략을 논하는 사람들이 많아지기를 기원합니다.

전술(戰術)은 전략(戰略) 앞에서는 무력합니다. 아무리 뛰어난 기술과 무기가 있다 해도 제대로 사용하지 못한다면 무용지물이 되어버리게 마련이고, 가지고 있던 기술이나 무기를 결국에는 적에게 빼앗겨 버리게 될 것입니다.

'전략이 없으면 앉아서 죽음을 기다려야 한다' 는 것을 반드시 명심해 둬야 할 것입니다.

전략 담당 니시무라 카츠미

서장

시대를 초월하여 이어져 내려온 전략

1장

전략의 정석

3장

경쟁 우위의 전략

4장

경쟁 회피의 전략

자원 집중과 전략

6장

조직력과 매니지먼트

시대를 초월하여 이어져 내려온 전략

전략의 매력

'전략'은 시대를 초월하여 이어져 내려올 만큼 매력적인 것이다

◆ 전해 내려온 전략

싸움에서 승리하여 영토나 부를 손에 넣는 것은 인류의 영원한 과제라고 할 수 있다. 그러하기에 전략의 역사는 곧 군사 연구의 역사이기도 한 것이다.

현재까지 가장 많이 회자되고 있는 병서인 '손자병법(孫子兵法)'에는 '싸우지 않고 적을 이긴다', '적의 허를 찌른다' 등 많은 명언들이 담겨져 있다.

손자(孫子)는 지금으로부터 약 2,500년 전 중국 춘추 시내 때의 사람이다. 손자병법은 '손자 왈(曰)~'로 시작되는데, 이것은 손자가 직접 써서 남긴 병서가 아니라 그의 제자들이 손자의 공로를 칭송하기 위해 남긴 것이기 때문이다.

그 외에도 일본 전국 시대의 오다 노부나가(織田信長)나 도요토미 히데요시(豊臣秀吉), 도쿠카와 이에야스(德川家康)의 전략 등, 손자병법을 비롯하여 수없이 많은 전략이 과거에서부터 현재까지 전해 내려오고 있다. 따라서 인류의 '역사' 라는 것은 전쟁의 역사이며 전략의 역사라 해도 과언이 아니다.

◆ 왜 전략은 전해 내려오는가?

'전략' 이란 것이 왜 현재까지 전해 내려온 것일까?

세계사는 강자와 약자의 이해관계가 얽힌, 그야말로 전쟁에 의해 흥망이 결정된 역사라 해도 과언이 아니다. 그 속에서 최소한의 자원과 희생으로 전쟁에 이기고자 하는 생각은 조직 공통의 바람이기에 리더는 항상 전략을 실용적으로 이용해 온 것이다.

한편, 서민들에게 있어 전략의 매력이란 '소(小)가 대(大)를 이긴다' 는 점이라 할 수 있겠다. 오다 노부나가가 이마가와 요시모토(今川義元)를 무찌른 '오케하자마(桶狹間)의 전투' 는 작은 힘[小]이 큰 힘[大]을 이긴 전형적인 전투였다.

강자라고 해도 방심은 금물이기 때문에 대(大)가 대(大)를 유지하기 위해서라도 전략은 반드시 필요한 것이다.

'전략이 없으면 앉아서 죽음을 기다리는 것과 마찬가지' 라는 말처럼 전략의 중요성은 과거에서 현재까지 역사가 충분히 증명해 주고 있다.

◆ 군사 전략은 현대의 경영 전략과 통한다

군사 전략의 근본 정신은 현대의 경영 전략과 일맥상통하는 면이 있다.

'싸우지 않고 이긴다' 는 전략은 현대 사회의 기업 인수·합병인 M&A와 성격이 비슷하다고 볼 수 있다. 또한 경영 전략의 고전이라 할 수 있는 '란체스터 전략(Lanchester Strategy)' 은 제2차 세계대전을 계기로 고안된 것으로써 전쟁과 전략에 관한 연구를

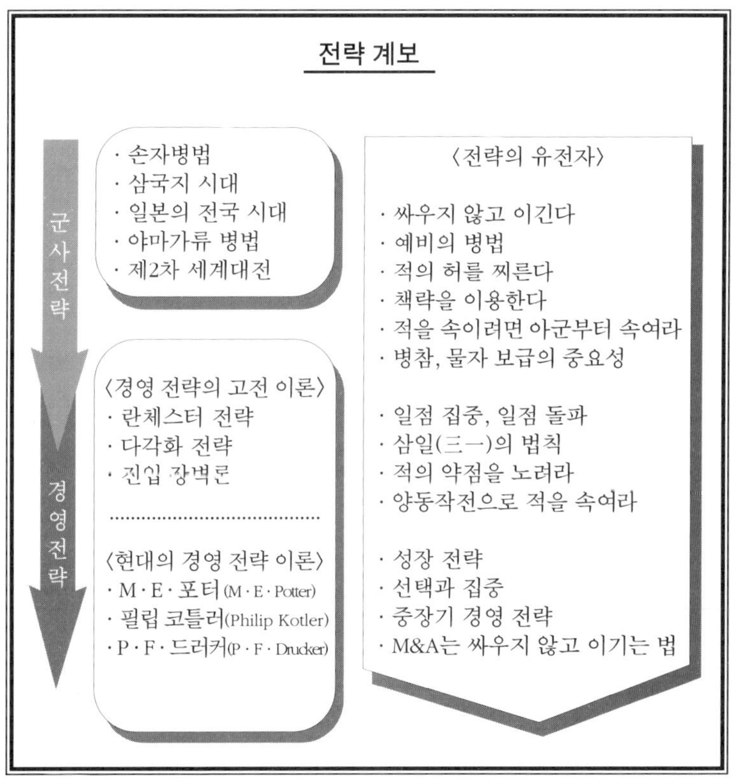

기업 전략으로 응용한 것이라 할 수 있다.

경영 전략에 있어서 시장 점유율을 높이는 것은 군사적 측면에 있어서 영토를 확장하는 것과 같은 맥락이라 할 수 있다. 기업의 생존에도 반드시 전략이 필요한 것이다.

경영에 활용하는 '손자병법'의 기본

'전략'은 시대를 초월하여 이어져 내려올 만큼 매력적인 것이다

◆ 현대에도 통용되는 병법

'손자병법'은 약 2,500년 전 중국 춘추 시대에 쓰여진 병법의 원전이다. 고대에 쓰여진 '손자병법'이 현대에 와서도 많은 사람들에게 읽혀지며 경영 전략론의 기본으로 일컬어지고 있는 데에는 다 이유가 있다. 그것은 '손자병법'이 단순한 전쟁 기술이 아닌 인간과 그 인간들로 구성된 집단·조직에 대한 본질적인 고찰을 기초로 인간의 행동 법칙을 제시하고 있기 때문이다.

그 법칙의 밑바탕에는 만물을 불변의 것이 아닌 항상 변화하는 것으로 받아들이는 사고방식이 깔려 있다. 인간과 조직, 그리고 경영 방식도 시대와 상황에 따라 변화하고 있기에 고정적으로 생각할 수는 없다. 그러므로 변화를 정확하게 읽고 빠르게 대응하면 승리를 얻을 수 있다는 것이다.

강자가 강자의 입장을 유지하거나 약자가 강자를 쓰러뜨리기

위해서는 변화를 어떻게 읽고 어떤 방식으로 대응하느냐가 중요
하다.

◆ 승리를 위한 여섯 가지 기본 원칙

'손자병법'에서는 약자도 강자를 이길 수 있고 열세에 몰려
있더라도 주도권을 잡을 수 있다고 말하고 있다.

그와 반대로 강자라 해도 변화를 파악하지 못한 전략을 세우
거나, 리더의 지도력이 부족하거나, 혹은 인심을 잃으면 반드시
약자로 전락하고 만다는 것이다. 변화에 적절히 대응하지 못하
면 패배할 수밖에 없는 것이다. 이러한 사태를 막고 승리하기 위
해서는 다음 여섯 가지 원칙을 명심해야 할 것이다.

① 적을 알고 나를 안다.

② 적의 힘을 분산시켜서 수세에 몰아넣는다.

③ 허를 찔러 적의 약점을 공격한다.

④ 정공법과 기습 두 가지 작전을 병행한다.

⑤ 방어는 조용히, 공격은 단숨에 쉴 새 없이 밀어붙인다.

⑥ 힘에 따라 싸우는 법이 달라야 한다는 것을 명심하고 변화
에 대응한다.

이 6원칙을 지탱하는 것은 커다란 전략과 세심한 전술이다.

그에 대해서는 본문을 통해 차차 이야기해 나가기로 하고, 우
선 가장 중요한 것은 지도자와 조직을 구성하는 인간이다.

경영에 있어 인재 관리가 중요하다는 것은 말할 것도 없다. 기업 간의 경쟁에 이겨서 이익을 얻기 위해서는 왜 이겨야 하는지 그 목적과 동기를 부여하여 인재를 키우고 움직여야 한다. 그런 의미에서도 손자병법은 오늘날의 행동과학에서 말하는 '모티베이션(Motivation : 생활 속에서 그 활동을 늘 환기시켜 유지하고, 그 활동의 패턴을 통제해 가는 과정, 즉 동기 부여를 의미한다)' 과 공통되는 면이 있다.

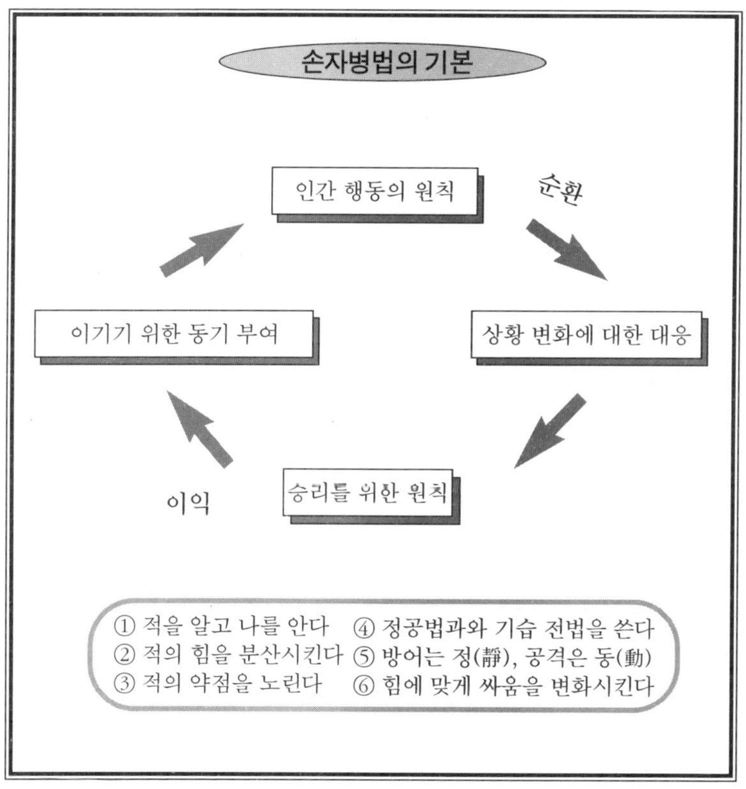

전략의 목적은 중장기적 이익 확보

중장기적 이익을 확보하기 위해서는 반드시 전략이 필요하다

◆ 중장기적 이익 확보

경영 전략의 최종 목적은 기업의 영원한 존속과 그것을 유지하기 위한 이익 확보이다. 이익이 확보되지 않으면 기업은 존속할 수 없다. 기업이 이익을 얻기 위해서는 어떻게 해야 하는가.

첫 번째는 경쟁 기업과의 시장 점유율(Share)에서 우위를 확보해 매상을 확대하고 이익을 증대시키는 것이다. 이를 군사적 측면에서 보자면 영토를 넓히는 전략에 해당된다.

두 번째는 경쟁 기업과의 경쟁을 피하여 될 수 있는 한 경영 자원의 소모를 최소한으로 줄임으로써 이익을 증대시키는 것이다. 군사적 측면에서 보자면 군사 동맹 전략에 해당된다 할 수 있겠다.

◆ 싸움에 의한 소모전을 피한다

전략의 목적은 적과 싸워 이기는 것만이 전부가 아니다. 싸우지 않고 이길 수만 있다면 자원의 낭비를 최소한으로 줄여 이익을 증대시킬 수 있기 때문이다. 싸움에 의한 소모전을 피하기 위해서는 몇 가지 방법이 있다.

첫 번째는 타사가 흉내 낼 수 없는 자사만의 독자적인 영역을 확보하는 것이다. 예를 들어 구찌나 샤넬 등은 독자적인 브랜드 가치를 확립하여 높은 가격을 유지하고 있다.

두 번째는 얼라이언스(Alliance : 업무 제휴)로 경쟁 기업과 동맹을 맺어 신기술을 개발하는 등 공동 전선을 펼쳐 나가는 것이다. 이 전략을 통해 적을 줄이고 아군을 늘릴 수 있으며 최소한의 경영 자원으로 높은 수익을 올릴 수 있다.

세 번째는 인수 · 합병(M&A)을 통해 기업을 인수하는 것이다. 이 방법을 이용하면 싸우지 않고도 인수한 기업의 경영 자원을 손에 넣을 수 있다.

전략은 싸움에 이기기 위한 것이 아닌 이익을 증대시키기 위한 것이다. 이익을 증대시키기 위해 최선책을 선택하는 것이 경영 전략의 가장 큰 목적이라 할 수 있다.

◆ 시장 점유율을 확대한다

시장 점유율을 높여 매상과 이익을 확대하는 전략은 경영 전략의 기본이라 할 수 있다. 시장 점유율을 높이면 시장의 지배권을 얻어 자사에 유리한 시장을 형성할 수 있다. 또 매상이 신장될 뿐만 아니라 대량 생산으로 인한 비용 절감(Cost Down) 효과를 얻기도 용이해져서 그 결과 이익이 증대한다.

하지만 시장 점유율을 높이기 위해서는 인력, 자본, 정보 등 많은 경영 자원의 선행 투자가 이루어져야 하며 과도한 시장 점유율 경쟁은 오히려 기업 간의 가격 경쟁을 부추겨 시장 전체의 이익 저하를 초래하기도 한다.

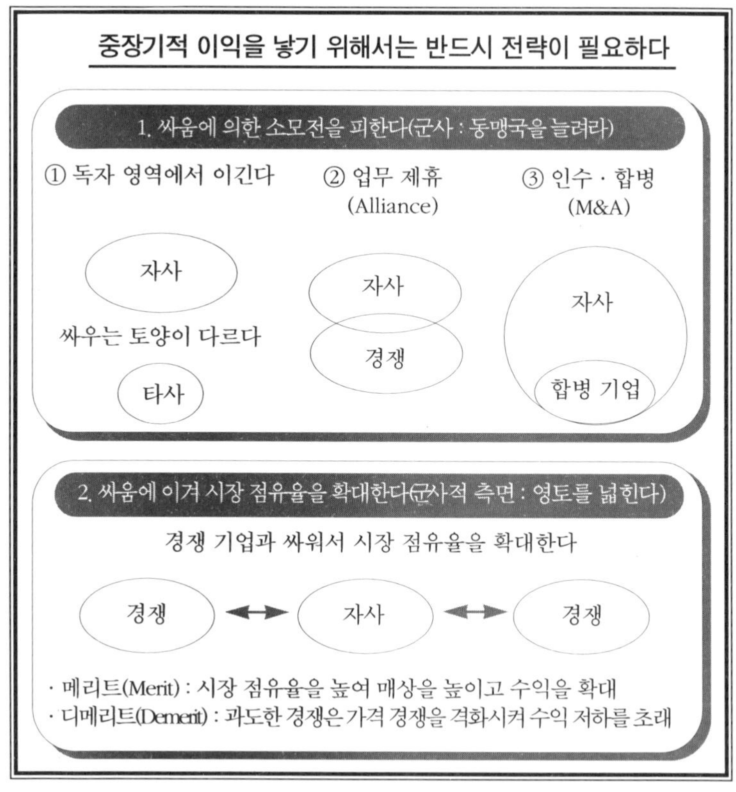

기업 전쟁, 승리의 다섯 가지 원칙

중장기적 이익을 확보하기 위해서는 반드시 전략이 필요하다

◆ 기업 전쟁의 기본 포인트

'손자병법'에 이런 말이 있다.

"병(兵)은 국가의 대사(大事), 사생(死生)의 땅, 존망(存亡)의 길['손자병법' 시계편(始計篇)]."

여기서 '병(兵)'이란 전쟁을 가리키는 것이다. 즉, 이 문장을 해석하자면 다음과 같은 뜻이 된다.

"전쟁은 국민의 사활과 나라의 존망이 걸린 국가의 대사이다. 그러므로 전쟁은 심사숙고한 후에 임해야 한다."

'병(兵)'을 기업의 관점에서 해석하자면 기업 전쟁이라 할 수 있다. 기업 전쟁이란 보다 많은 이익을 확보하여 시장을 지배하기 위한 것으로 사원과 그 가족들의 생활뿐만 아니라 기업 자체의 존망까지 걸려 있는 중대사적 의미를 지니는 것이라 할 수 있다. 그러하기에 기업 전쟁에서 이기려면 필승의 원칙을 잘 생각하지 않으면 안 되는 것이다.

간혹 상황을 잘못 파악하거나 분석하지 않고 무턱대고 사운을 건 싸움에 뛰어드는 경영자가 있다. 이런 경영 방식으로는 한때의 승리는 얻을 수 있을지 몰라도 중장기적인 전략과 전망이 결여되어 있어 언젠가는 좌절하게 될 것이다.

◆ 승리의 5원칙이란 무엇인가

기업 전쟁에 이기기 위해서는 먼저 아군과 적군의 전력(자원)과 군비(조직 태세)를 정확하게 비교하여 어느 쪽이 우위인지 냉정하게 판단하지 않으면 안 된다.

이에는 다음과 같은 다섯 가지 원칙이 있다.

① 道(도) : 국민과 군주의 마음이 하나가 되어 있는가. 군주와 일심동체가 되어 있는 국민은 어떤 위험과 고난도 두려워하지 않고 나라를 지킨다. 기업에 비유하자면 경영자와 사원의 일심동체를 가리킨다.

② 天(천) : 양지와 그늘, 밤과 낮, 더위와 추위 등 시간적 조건과 자연적 조건을 가리킨다.

③ 地(지) : 거리의 멀고 가까움, 지형, 지역 등 지리적 조건을 가리킨다.

④ 將(장) : 신뢰, 인애(仁愛), 용기, 위엄, 지식 등 장수의 기량을 가리킨다. 기업 전쟁의 선두에 서 있는 경영자의 자질이 이에 해당된다.

⑤ 法(법) : 군의 편성, 조직의 관리, 물자의 보급 상태를 가리

킨다. 기업에 비유하자면 조직의 관리와 유지 상태가 이에 해당
된다[시계편(始計篇)].

이 다섯 가지 원칙은 장수(경영자)라면 누구나 알고 있을 것이
다. 이 원칙을 진실로 이해하고 있는 사람만이 승리를 손에 넣을
수 있을 것이며 어설프게 이해하고 있는 사람은 결코 이길 수 없
을 것이다.

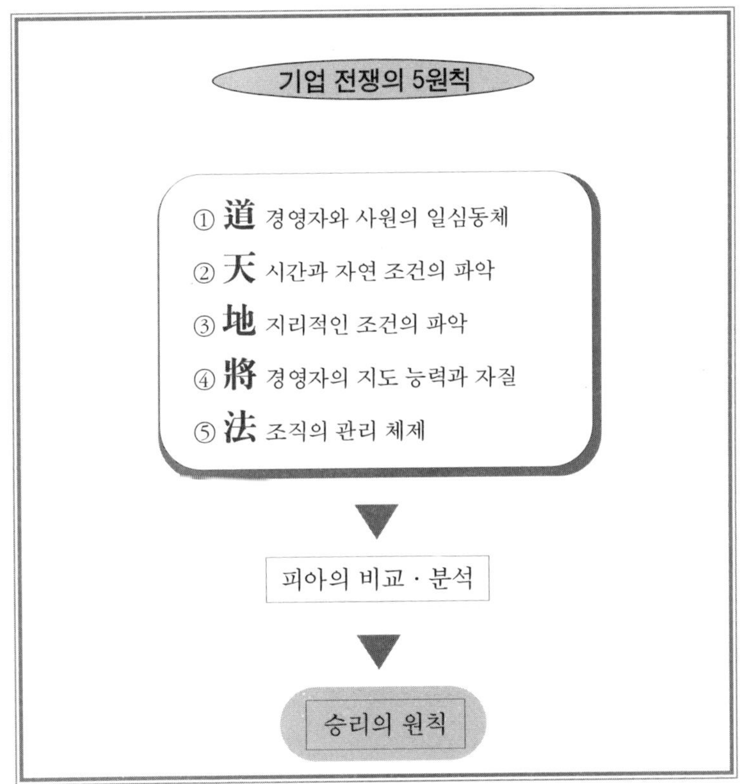

시대의 변화가 전략을 필요로 하고 있다

시대의 변화와 경영 환경의 변화를 기회로 연결하라

◆ 경영 환경의 변화

일본의 경제는 거품 경제 붕괴 후 인플레이션(Inflation : 화폐 가치가 하락하여 물가가 전반적·지속적으로 상승하는 경제 현상) 경제에서 디플레이션(Deflation : 통화량의 축소에 의하여 물가가 하락하고 경제 활동이 침체되는 현상) 경제로 전환되었고 이에 따라 경제 규모는 현저하게 축소되었다.

플러스 성장을 전제로 한 경제는 끝을 맞았고 GDP(Gross Domestic Product : 국내 총생산)는 마이너스 성장이 이어지고 있는 추세이다. 그리고 출생률의 저하에 따른 인구 고령화와 토지 및 주가의 하락 등은 앞으로의 경제를 불안하게 만드는 요인이 되고 있다. 또 아시아 각 국의 공세에 의한 산업 구조 공동화(空洞化)가 가속되어 생산을 비롯한 제2차 산업의 국내 고용은 해마다 감소하고 있다.

이처럼 일본의 경영 환경은 근 10년간 크게 변화하였다. 또 1990년대 후반의 금융 빅뱅(은행 간 거대 합병, 대규모 감원 사태)과 각종 규제 완화, 인터넷의 보급 등 경영 환경은 급격하게 변화하고 있다.

◆ 환경의 변화에 맞춰 전략을 바꿔라

경영 환경의 끊임없는 변화로 인해 기업은 기업 외부의 환경을 무시하기가 더욱 어려운 실정이다. 경영 환경이 변하면 경영 전략도 효과적으로 변해야 한다. 경영 환경의 변화를 무시한 현상 유지는 비즈니스 찬스를 놓치게 할 뿐만 아니라 기존의 사업마저 위험하게 만든다.

토지 가격이 상승하는 인플레이션 경제 하에서라면 빚을 져서라도 토지를 구입하면 결국 가격이 상승하여 이익을 얻을 수 있었다. 그래서 1990년대 전반까지 많은 기업들은 앞다퉈 토지를 구입했다. 그러나 지금에 이르러서는 장기간에 걸친 디플레이션 경제와 토지 가격 하락이 많은 기업들을 괴롭히고 있다.

전략은 기업이 나아가야 할 방향을 결정함과 동시에 지금까지의 방향을 크게 전환시키기 위해서도 꼭 필요한 것이다.

경영 환경의 변화에 적응하기 위해 전략을 전환하지 않으면 안 되는 것이다.

◆ 전략은 하룻밤 사이에 세워지지 않는다

거대한 배가 갑자기 출항할 수는 없듯이 기업이나 조직의 규모가 크면 클수록 전략의 실행에는 더 많은 시간이 소요된다.

따라서 전략은 중장기적 시점에서 장래를 내다보고 책정한 후 실행할 필요가 있다.

즉흥적인 발상이나 아이디어 하나로 성공할 수 있을 만큼 세상은 단순하지 않다. 자사가 쉽게 성공할 수 있는 분야라면 진입

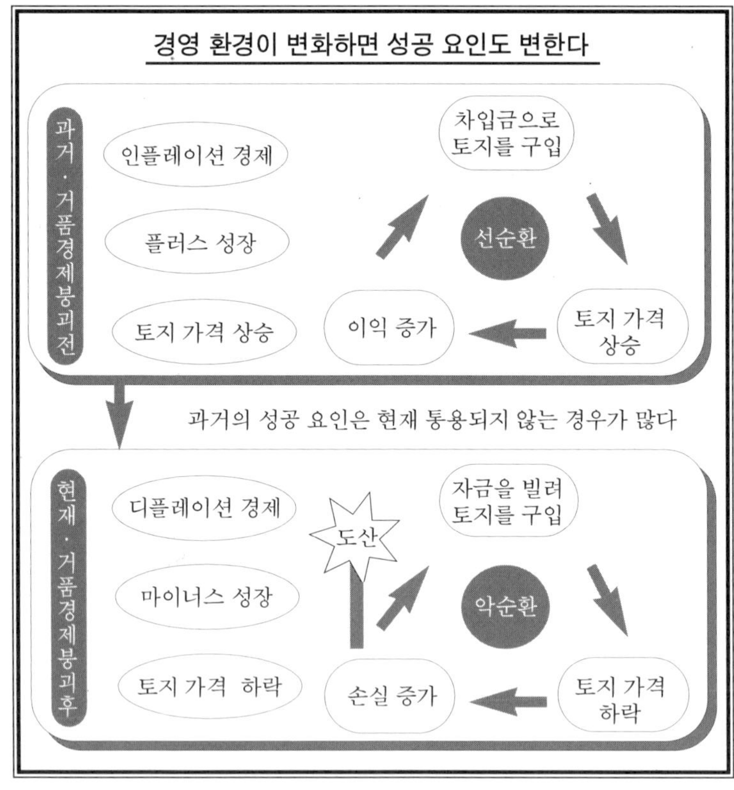

장벽이 낮아 타사 역시 쉽게 성공할 수 있다는 얘기다. 그런 사업은 경쟁도 치열하고 이익을 얻기도 어렵다. 예를 들면 네트워크 사업은 진입하기 쉬운 반면 경쟁 역시 치열하다.

승리를 위한 일곱 가지 조건

시대의 변화와 경영 환경의 변화를 기회로 연결하라

◆ 전략과 이익은 불가분의 관계이다

치열한 기업 경쟁에서 이겨 살아남기 위해서는 무엇이 필요한가.

'손자병법'에는 이런 말이 있다.

"계(計)는 이(利)로써 받아들이면 비로소 '세(勢)'가 형성된다[시계편(始計篇)]."

계(計)는 전략을 말하며 이(利)는 이익을 가리킨다. 적군(경쟁 기업)에게 이기기 위해서는 다음 일곱 가지 조건을 비교·검토한 후 행동에 나서면 반드시 이익을 얻을 수 있다.

① 어느 쪽 군주(경영자)가 더 훌륭한 정치(경영)를 하고 있는가?

② 어느 쪽 장수(핵심 인력)가 더 유능한가?

③ 천지(天地 : 시장)는 어느 쪽에 더 유리한가?(천지는 '하늘의

때' 와 '땅의 이점' 을 의미한다. '하늘의 때' 란 운을 뜻하며 '땅의 이
점' 이란 지리적 조건을 뜻한다)

④ 어느 쪽 법령이 더 철저한가? 규제가 느슨해지면 조직 전체
의 사기가 떨어지게 된다.

⑤ 어느 쪽 군대(회사 조직)가 더 강한가?(이는 병사의 수보다는
질적인 강함을 의미한다)

⑥ 어느 쪽 병사(사원)들이 더 잘 훈련되어 있는가?(이 역시 병

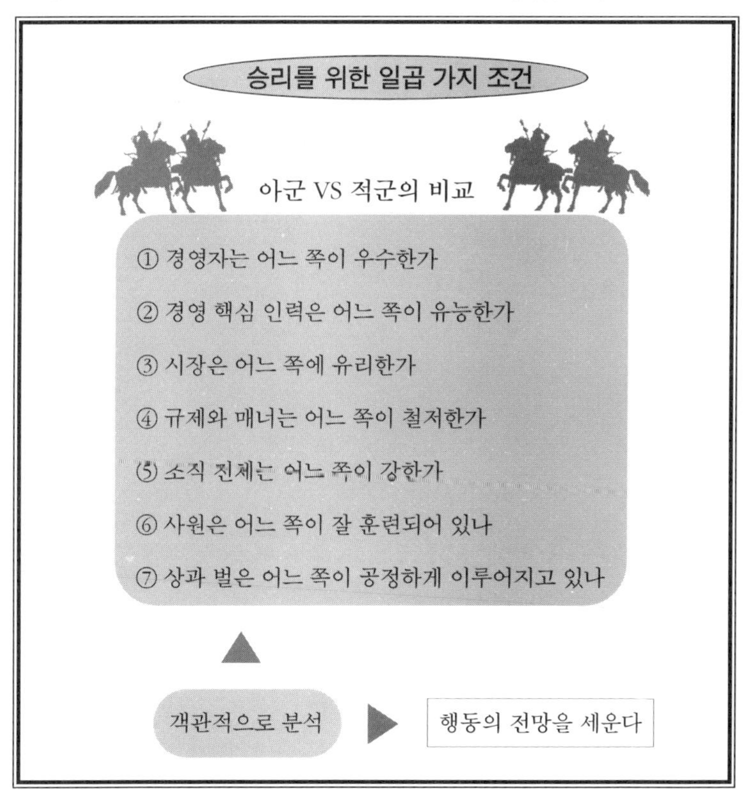

사의 수보다는 질을 의미한다)

⑦ 어느 쪽이 상과 벌을 더 공정하게 행하고 있는가?

이 일곱 가지 조건을 비교·검토하여 아군과 적군의 우열을 가늠한 후 계획을 세워 나가는 것이 중요하다.

◆ 열세에 놓여 있더라도 전략적인 예측을 확립하라

이 일곱 가지의 조건, 즉 군주(경영자), 장수(핵심 인력), 천지(시장 상황), 법령, 군대(회사 조직), 병사(사원), 상과 벌은 기업의 경영 전략과 전망을 위해서도 반드시 검토해야 하는 것들이다.

장수 중에는 간혹 아군에게 후한 점수를 주고 적군에게 점수를 박하게 주거나 반대로 아군에게 박한 점수를 주고 적군에게 후한 점수를 주는 경우가 있다. 이는 승패의 전망을 그르치게 만들어 버린다.

전략을 세울 때에는 냉정하고 객관적인 분석이 중요한데, 그것이 '적을 알고 나를 알면 백 번 싸워도 위태롭지 않다[모공편(謀攻篇)]'라는 손자병법의 출발점인 것이다.

그러나 아군이 적에 비해 열세라 해도 싸움을 피할 수는 없다. 적이 전력을 분석했다면 반드시 공격해 올 것이기 때문이다.

유리한 상황이든 불리한 상황이든 승리할 수 있는 방책을 추구하는 것이 병법이며 경영의 전략이다.

다음 장에서 그것을 구체적으로 생각해 보도록 하자.

1장

전략의 정석

전략의 첫걸음은 나아가야 할 방향을 정하는 것

노력하는 것은 당연한 일이다. 더욱 중요한 것은 어떻게 노력하느냐이다.

◆ 달리면서 생각할 것인가, 멈춰 서서 생각할 것인가

"당신은 달리면서 생각하는 타입입니까, 아니면 멈춰 서서 생각하는 타입입니까?"

간혹 이런 질문을 진지하게 던지는 사람이 있다. 그러면 많은 사람들은 자신이 어떤 타입인지를 정하려 하지만 굳이 그래야 할 필요가 있을까?

양쪽 다 중요하다고 생각한다.

달리면서도 생각하지 않으면 어딘가에 부딪치거나 함정에 빠지게 될 것이다. 그래서 달리면서 생각하는 것은 중요한 일이다.

하지만 아무리 달리면서 생각해도 목적지가 애매하거나 목적지와 정반대 방향으로 달리고 있다면 결국 다시 되돌아가야 하는 헛수고를 해야 한다. 그래서 종종 멈춰 서서 나아가야 할 방향을 생각할 필요가 있다.

◆ 전략이란 나아가야 할 방향을 결정하는 것

경영에 있어서도 멈춰 서서 생각하는 것과 달리면서 생각하는 것은 양쪽 다 중요한 일이다. 매년 한 번 이상 멈춰 서서 기업이 나아가야 할 방향, 즉 전략을 토론할 필요가 있는 것이다. 그래야만 기업의 장래를 명확히 하고 사원들에게 그것을 인식시킴으로써 경영의 결속력을 높일 수 있다.

일단 나아가야 할 방향이 결정되면 일일, 일주일, 한 달, 반년 단위로 진행 상황을 확인하여 보다 좋은 방향으로 궤도를 수정해 나갈 필요가 있다. 이것을 PDCA(경영 관리 사이클)라고 한다. P(Plan)는 계획, D(Do)는 실행, C(Check)는 검토, A(Action)는 시정을 의미한다.

◆ 이기기 위한 시나리오를 작성하라

어떻게 이길 것인가, 어떻게 이익을 확대할 것인가 등의 전략은 이기기 위한 시나리오라고 정의할 수 있다.

평소 일상 업무를 열심히 하는 것은 당연한 일이다. 하지만 경영자가 열심히 하라는 말을 되풀이해 봤자 정말로 성과가 올라가는지는 알 수 없다. 어쩌면 사원들은 인력으로 뛰어넘을 수 없는 거대한 벽 앞에서 점프하며 땀을 흘리고 있을지도 모른다. 또 위험한 계곡을 향해 전력 질주하고 있을지도 모른다.

최소한의 자원으로 최대의 성과를 올리는 것이 전략의 극치라는 말이 있다. 전략이란 그러한 성과를 위한 시나리오 작성이다. 자원을 최대한 활용하여 착실하게 승리를 거머쥐기 위한 시나리오인 것이다.

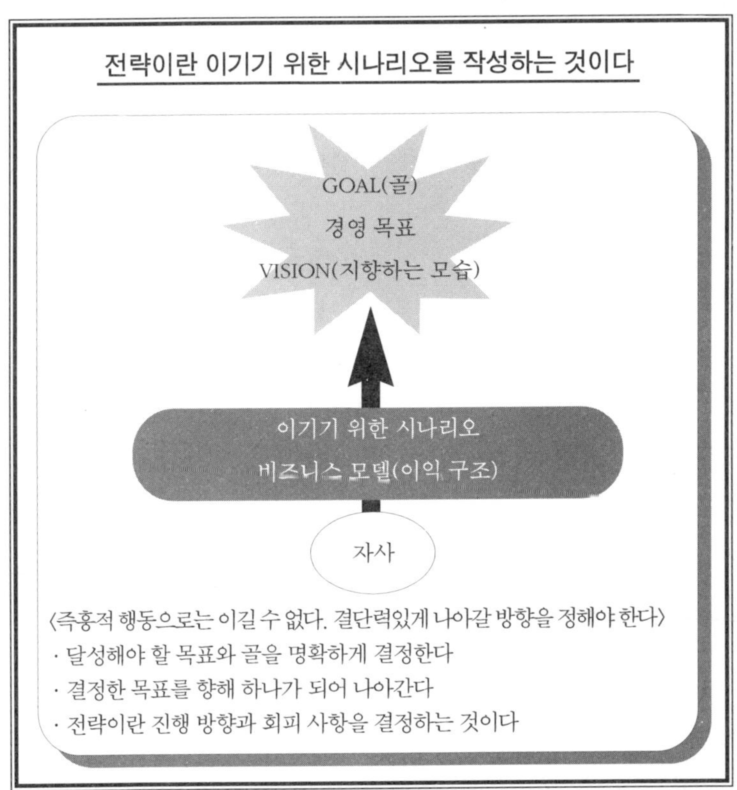

전략 회의의 중요성

노력하는 것은 당연한 일이다. 더욱 중요한 것은 어떻게 노력하느냐이다

◆ 싸움의 정석이란 무엇인가

서장에서 언급한 '道, 天, 地, 將, 法'이라는 다섯 가지 원칙이 적보다 뛰어나다면 전략 회의에서 승리를 예측할 수 있다. 즉, 종합적으로 아군이 승리의 조건을 갖추고 있다고 판단할 수 있을 때 승리를 예측할 수 있는 것이다.

반대로 이 다섯 가지 원칙이 적보다 뒤떨어진다면 전략 회의에서 승리를 예측할 수 없다. '승산이 많은 자는 이기고 승산이 적은 자는 진다[시계편(始計篇)]'라는 손자병법의 문구는 바로 이 승리의 조건을 가리키는 것이다.

싸움을 시작하기 전에 이길 수 있는지 없는지를 판단하는 것은 사활이 걸려 있는 가장 중요한 문제이다. 이길 수 있는 요소가 없음에도 불구하고 싸움을 시작한다면 과연 어떻게 될까?

타케다 카츠요리(武田勝賴)는 나가시노(長篠) 전투에서 오다 노부나가에게 완패를 당했다.

그는 연전연승의 기마대를 거느린 자신의 군대야말로 최강이라고 과신하고 있었기에 전투 전 아군과 적군의 전력조차 비교하지 않았다.

그러나 오다 노부나가는 기마대의 돌입을 막는 마방책(馬防柵)을 만들고 철포를 배치했으며 타케다 군의 세 배 이상이나 되는 병력을 동원했다.

그럼에도 불구하고 타케다 카츠요리는 전투에 앞서 상황을 냉정하고 종합적으로 분석하지 않은 채 진격을 명령했다. 그 결과 타케다 군은 많은 희생자를 내고 패배했으며 그 후 세력을 회복하지 못한 채 멸망에 이르게 되었다.

◆ 승패의 조건 분석

손자병법(孫子兵法)에서는 전투에 앞서 철저한 전략 회의로 승산을 가늠해야 한다고 말하고 있다.

기업 전략에 있어서도 승리할 수 있는 조건이 갖춰져 있다면 사업을 계획하는 단계라 해도 성공을 확신할 수 있을 것이다.

전략 회의란 기업이 나아가야 할 방향을 명확하게 결정하는 것이다. 나아가야 할 방향이 결정되면 그에 수반되는 조건을 철저하게 분석하여 경쟁 기업을 이길 수 있을지 냉정하게 검토해야 한다.

승리의 조건을 분석하지 않고 확실한 승산도 없이 새로운 사업을 전개한다면 결과는 불을 보듯 뻔하다.

또 아군보다 적군이 보다 많은 승리의 조건을 갖추고 있을 경우, 즉 패배가 정해져 있는 경우에는 무조건 돌진할 것이 아니라 궤도를 수정하거나 다음 기회를 기다려야 한다.

과신과 교조주의(敎條主義 : 과학적인 해명없이 신앙 또는 신조에 입각한 독단주의)는 돌이킬 수 없는 실패를 초래하게 마련이다.

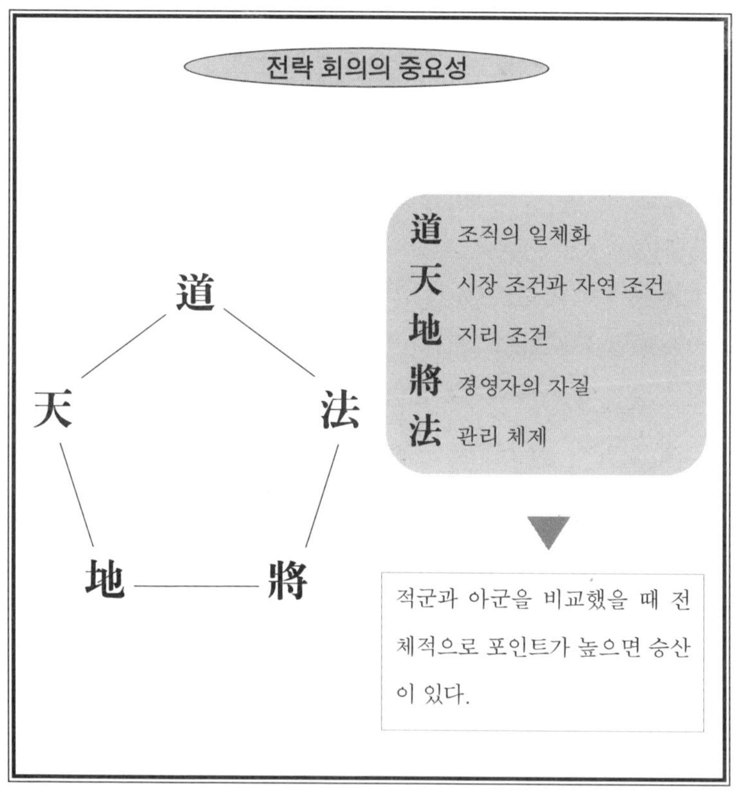

한정된 경영 자원으로
최대의 성과를 올리는 선택과 집중

경영 자원은 무한하지 않다. 그래서 전략이 필요한 것이다

◆ 경영 자원은 무한한 것이 아니다

경영 자원은 무한하다는 착각이 일본의 거품 경제를 초래했다고 해도 과언이 아니다.

땅 값과 주가가 끝을 모르고 치솟던 거품 경제 시절 금융 기관은 기업에 무한정 돈을 빌려주었다. 그 결과 투자 붐과 다각화 붐을 타고 많은 신규 사업이 생겨났다. 또 기존 사업의 적극적인 확대도 이루어졌다.

그러나 무질서한 다각화는 결국 투자 효율의 저하를 초래했다. 기존 사업의 확대로 인해 각 기업은 필요 이상의 생산 설비를 끌어안은 채 과잉 생산을 하게 됨으로써 과당 경쟁을 불러일으키는 결과를 초래하고 말았다.

투자 효율을 무시한 경영은 파탄을 부른다. 투자한 돈을 회수할 수 없는 기업에 무한정 돈을 빌려줄 금융 기관은 없기 때문이다.

결국 이런 이유로 인해 일본의 거품 경제는 파탄을 맞이하게
된 것이다.

◆ 한정된 자원으로 이익을 최대화하라

지금의 일본 기업들은 경영 전략이 절대적으로 필요한 상태이
다.

경영 전략이란 한정된 경영 자원으로 이익을 최대화하기 위한
이론이다. 또한 많은 기업들의 실적에 의해 검증된 이론이기도
하다.

똑같은 이익을 얻더라도 투자하는 자원이 적을수록 좋다. 이
것이 최근 ROE(Return On Equity : 자기 자본 이익률)의 경영 업적
지표로 중요시되고 있는 이유이다.

◆ 무엇을 버리고 무엇을 남길 것인가. 그것이 '선택' 이다

뭐든지 할 수 있다는 말이 뭐든지 어중간하다는 의미로 받아
들여지는 시대가 되어버렸다. 종합 상사가 '종합' 이라는 장점을
유지할 수 없게 된 것이 이것을 상징하고 있다.

요즘은 많은 상사들이 전문 상사의 길을 걷고 있다. 확실한 특
기 분야를 가진 기업, 즉 전문 분야를 갖고 있는 기업이 마이너스
성장을 거듭하는 일본 경제 하에서도 꾸준히 성장하고 있다.

사업에 우선 순위를 매기는 것, 그리고 주력해야 할 중요 분야
와 철수해야 할 분야를 분명히 하는 것, 이것이 바로 '선택' 이다.

◆ '집중'으로 투자 효과를 최대화하라

구조 조정으로 경영 자원을 절약하면 그 경영 자원을 주력해야 할 분야에 중점 투자할 수 있다.

중점 분야는 장래성이 있고 투자 효율을 높일 수 있는 분야여야 한다. 선택과 집중은 기업의 투자 효율을 최대화하기 위한 경영 자원의 최적 분배 전략이기도 하다.

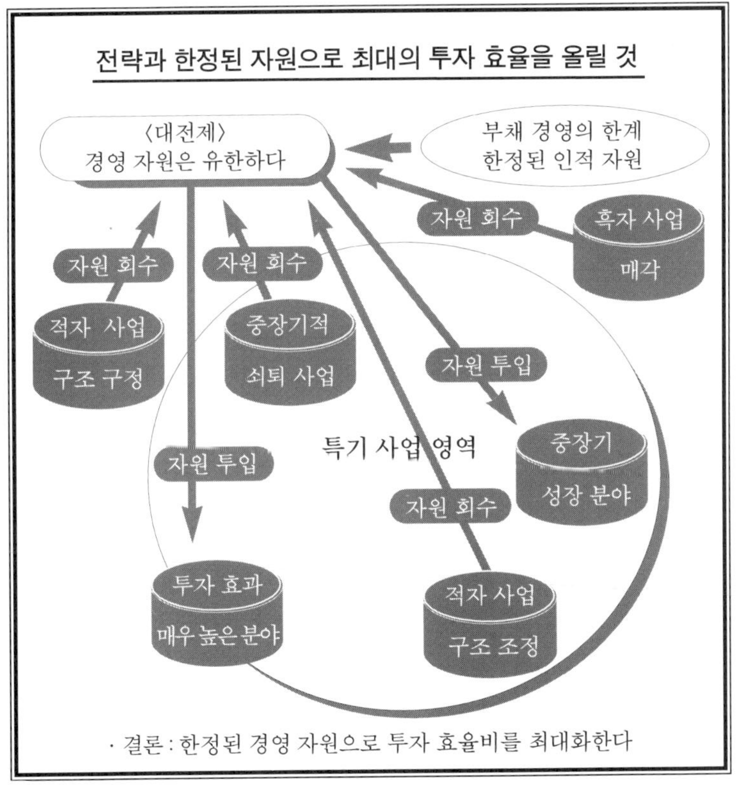

집중과 분산의 병법을 생각하라

경영 자원은 무한하지 않다. 그래서 전략이 필요한 것이다

◆ 일점(一點) 집중 전법이란 무엇인가

대자본과 소자본은 싸우기도 전에 이미 승부가 결판난 것이나 다름없다는 것이 일반적인 논리이다.

그러나 자본력의 크기는 절대적인 것이 아니다. 자본(병력)의 '집중'과 '분산'을 이용하여 상대적으로 만들 수 있기 때문이다.

손자병법에는 이런 말이 있다.

"아군은 집결되어 하나가 되고 적은 분산되어 열로 나누어지면 이는 열로써 적의 하나를 공격하는 셈이다[허실편(虛實篇)]."

아군의 병력을 한 점에 집중하고 적의 병력을 분산시키면 우위를 점할 수 있게 된다.

예를 들어 아군의 병력이 1이고 적군의 병력이 5라고 가정해 보자. 이때 적군의 병력을 10으로 분산시켜서 그중 1을 공격하면 아군의 병력이 적군의 두 배가 되어 우세를 점할 수 있다는 말이다.

또 병력이 호각일 경우에도 아군을 하나로 집결하고 적을 열 곳으로 분산시켜야 한다. 아군의 병력 10이 분산된 적군의 병력 1과 싸우면 열 배의 병력으로 압도적인 승리를 거둘 수 있기 때문이다.

◆ 오다와라(小田原) 전투와 호조(北條)의 자멸

도요토미 히데요시는 22만 대군으로 오다와라 성을 공격했다. 히데요시 군을 맞은 호조 우지마사(北條氏政) 군의 총병력은 대략 5만 6천으로 히데요시 군의 4분의 1에 지나지 않았다. 병력이 열세인 호조 군이 이기기 위해서는 히데요시 군을 분산시켜야만 했다. 그러나 호조는 오히려 아군을 분산시켜 버리고 말았다.

호조는 본성인 오다와라 성에 3만 5천의 병력을 남겨두고 나머지 병력을 관동 각지의 성으로 분산시켰다. 또 하코네(箱根) 산을 최대의 방어선으로 생각하여 정예를 투입했으나 겨우 수천 명에 불과했다.

하코네 산은 험준한 지형을 자랑하는 곳이다. 따라서 호조는 그곳에 전 병력을 집중시켜 히데요시 군의 본군(本軍)과 싸웠어야 했다. 그것이 열세를 우세로 바꿀 수 있는 유일한 기회였다. 그러나 병력을 분산시킨 호조 군은 결국 히데요시 군 앞에서 맥없이 무너지고 말았다.

◆ 중소기업이 우위를 점하기 위해서는?

이것을 기업 경영으로 바꾸어 생각해 보자.

소자본인 중소기업이 대기업을 상대로 싸우기 위해서는 일점 집중이 필요하다. 즉, 대기업에는 없는 제품을 개발해야 하는 것이다.

중소기업이 대기업과 같은 제품으로 싸운다면 반드시 무너지

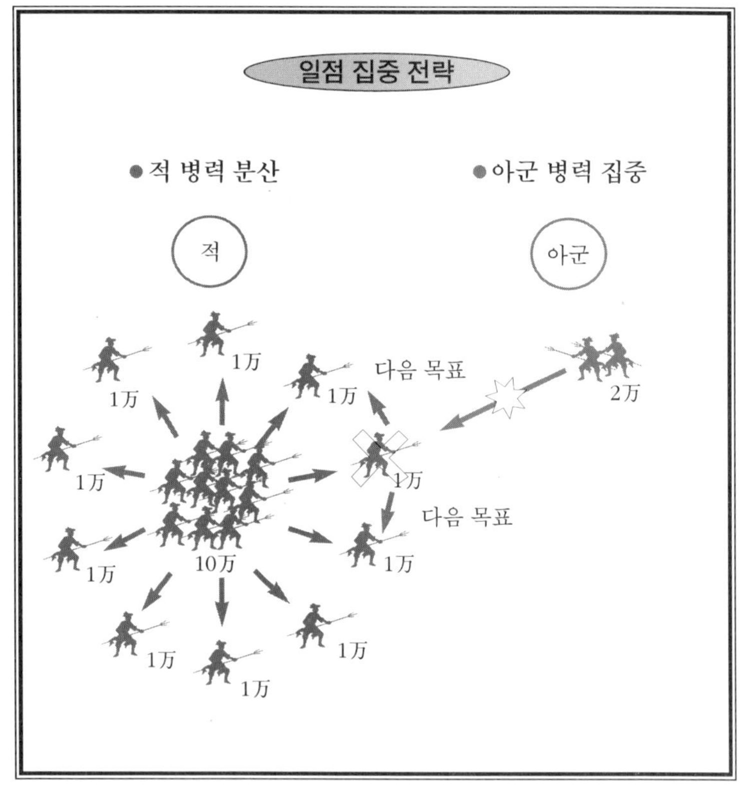

게 되어 있다. 대기업에 없는 제품을 개발해야만 시장을 확보할 수 있는 것이다.

만약 대기업과 같은 제품을 개발한다 해도 질을 높인다거나 원가를 낮춤으로써 대기업 제품과 뚜렷한 차이를 둔다면 우위를 점할 수도 있다.

일점 집중에 의한 돌파가 편법이라며 무시하는 경향도 있지만 이는 잘못된 생각이다. 일점 집중은 보편적인 병법의 하나이며 경영 전략에도 훌륭하게 통용되는 것이기 때문이다.

'차별화' 로 독자성을 지닌다

타사의 제품과 차별화하지 않는다면 이겨서 살아남을 수 없다

◆ 타사와 같아서는 이길 수 없다

당신이 가전제품 매장에 TV를 사러 갔다고 가정해 보자. 매장에는 각 메이커의 TV가 진열되어 있다. 어느 TV나 똑같아 보인다면 당신은 어떤 TV를 사겠는가.

대부분의 경우 이왕이면 싼 가격대의 TV를 선택할 것이다. 5만 엔짜리 TV와 4만 엔짜리 TV가 있다면 4만 엔짜리 TV를 사는 사람이 많을 것은 자명한 일이다. 그러면 5만 엔짜리 TV를 생산하는 메이커 측은 그 가격으로는 팔리지 않는다는 것을 알고 TV의 가격을 4만 엔 이하로 낮출 것이다.

이런 가격 경쟁을 되풀이하다 보면 어떻게 될까. 가격 인하가 가속화되어 어느 메이커도 돈을 벌 수 없게 될 것이다. 이것이 디플레이션 경제를 상징하는 현상이다.

◆ 비싸도 팔리는 전략

타사의 제품을 흉내 내기만 해서는 좀처럼 돈을 벌어들일 수 없다. 그럼 어떻게 하면 좋을까?

독자성으로 고객을 매료시키는 상품을 개발하는 것이 가장 좋은 방법이다. 독자적이고 매력적인 상품이라면 비싼 가격에도 불구하고 고객은 그 제품을 사고 싶어할 것이다. 고객의 눈에 타사의 제품과 뚜렷하게 다르고 매력적인 상품으로 비친다면 그 상품은 비싸도 팔리게 되어 있다. 타사의 TV가 4만 엔에 판매되고 있다 해도 7만 엔짜리 TV가 보다 매력적이고 구매 욕구를 자극하는 제품이라면 고객은 7만 엔짜리 TV를 선택할 것이다.

어느 메이커에서 개발한 세제가 필요없는 초음파 세탁기가 10만 엔이라는 높은 가격에도 불구하고 날개 돋친 듯이 팔렸다는 사실이 이를 잘 증명해 주고 있다.

◆ 브랜드(Brand) 전략의 본질

기업은 왜 브랜드에 집착하는가. 일본은 디플레이션 경제임에도 불구하고 구찌(GUCCI)나 샤넬(CHANEL) 등의 브랜드 제품은 여전히 인기가 높다. 브랜드 전략의 본질은 바로 이 '비싸도 팔린다'는 전략이라 할 수 있다. 비싼 가격에도 불구하고 구매 욕구를 가지게 하는 것이 브랜드 전략의 핵심이라 하겠다. 최근에는 브랜드 가치를 특허 등의 무형 자산과 마찬가지로 기업의 가치에 포함시키려는 움직임이 일고 있다.

전자 제품 메이커 중에서 기업 가치가 가장 높은 브랜드는 소니(SONY)라고 한다. 소니에서 만든 TV라면 비싼 가격도 마다 않는다는 특권 의식이 강한 고객이 많다는 것이다. 경영자는 가격이 저렴하면 팔린다는 망상을 버리지 않으면 안 된다. 비싸도 팔리는 전략, 그것이야말로 브랜드 전략의 본질이라 할 수 있겠다.

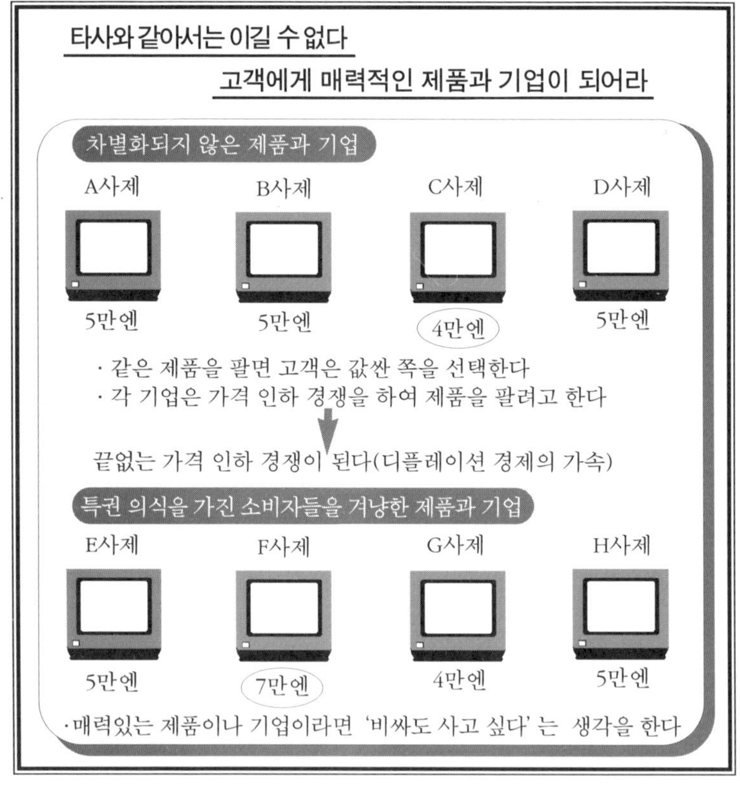

승리를 만들어내는 비책

타사의 제품과 차별화하지 않는다면 이겨서 살아남을 수 없다

◆ 승리는 만들 수 있다

손자병법에서는 압도적인 병력만으로는 이길 수 없다고 했다.

"승리는 만들 수 있으니, 설사 적이 무리를 이루었을지라도 싸움을 하지 못하게 할 수 있음이다[허실편(虛實篇)]."

적군이 아무리 많다 해도 그것만으로는 승패를 결정할 수 없다. 적이 아무리 많다 해도 그들을 싸울 수 없게 만들어 버릴 수 있기에 승리를 위한 조건은 바로 인간이 만들어내는 것이라 할 수 있다.

그러하기 위해서는 적이 취할 것이라 예측되는 작전을 다양한 각도로 분석하여 아군의 득실을 따져 보고 아군에게 유리하다 싶으면 공격해야 한다.

적이 압도적으로 우세하다 해도 적의 약점을 공격하면 승리할 수 있다.

적의 약점을 공격하여 아군이 승리할 수 있는 조건을 만들어 내기 위해서는 반드시 성공할 수 있는 전법을 생각하지 않으면 안 된다. 그것이 바로 적의 약점과 아군의 장점을 파악하는 일이다. 즉, '차별화'를 꾀해야 한다.

◆ 차별화로 우세를 점한다

대기업이라 해서 모든 시장을 독점할 수 있는 것은 아니다. 바꿔 말하면 중소기업도 시장을 확보할 수 있다는 것이다.

그러하기 위해서는 타사와의 차별화를 꾀해야 한다. 경쟁을 해봤자 자본력에 압도당할 우려가 있을 경우에는 타사가 만들어 낼 수 없는 제품으로 승부하면 된다. 그것이 바로 '승리를 만들어내는 방법'이다.

예를 들어 지방에서 지역 산업을 펼치고 있는 경우, 전국에 사업을 전개하고 있는 대기업과 같은 상품을 만들어 버린다면 이길 확률은 없다고 봐야 한다. 이기기는커녕 오히려 대기업에 눌려서 도산하게 될 수도 있다.

그럼 어떻게 하면 좋을까?

이 경우 역시 가장 좋은 방법은 대기업의 취약한 분야를 파악하여 그 부분의 차별화를 꾀하는 것이다.

같은 상품이라 해도 대기업의 약점을 공략하여 차별화를 꾀하면 이길 수 있다. 만약 차별화한 부분이 몹시 우수하다면 가격이 다소 비싸더라도 고객의 지지를 얻을 수 있는 것이다.

　손자병법에서는 적과 아군의 장점과 단점을 철저하게 비교·분석하여 적의 작전을 예측해서 유연하게 대처하면 이길 수 있다고 했다.

　승리를 만들어내기 위해서는 뛰어난 전략과 능력이 필요한 것이다.

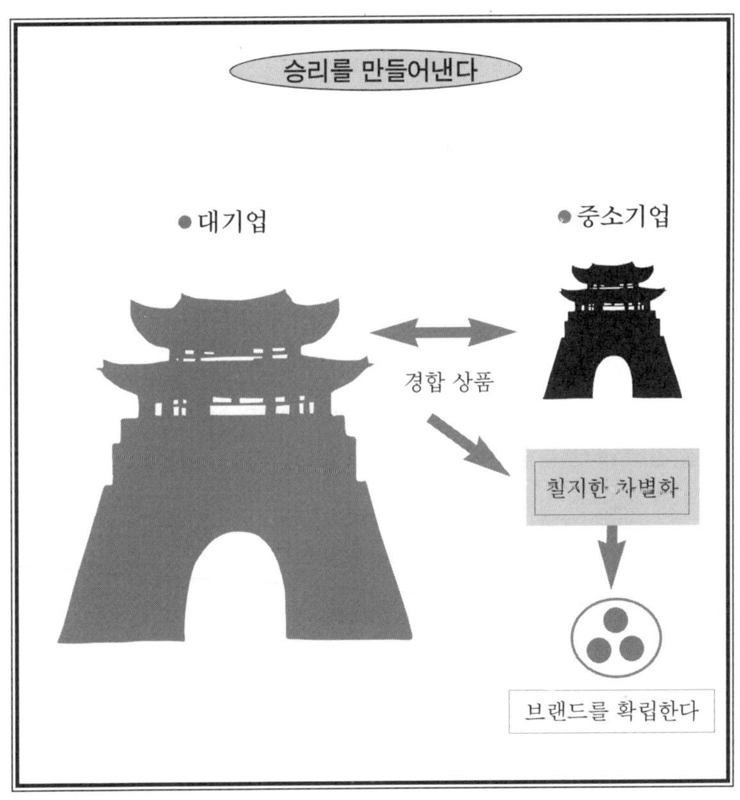

'일점 집중' 과 '일점 돌파' 로 돌파구를 연다

공격을 분산하지 않고 집중함으로써 착실하게 성공을 향해 나아간다

◆ 적의 약점을 찾아내어 집중 공격하라

우리는 어릴 때부터 '약한 자를 괴롭히지 말라' 는 가르침을 받아왔다. 그러나 전략에서는 이와는 반대로 '약한 것을 괴롭혀라' 라는 원칙이 존재한다.

최소한의 경영 자원으로 승리를 얻기 위해서는 상대의 약점을 공격하는 편이 투자 효율이 높다. 그러므로 적의 약점을 찾아내어 철저하게 공격하는 것도 하나의 전략이라 할 수 있다.

적의 약점을 노려 집중 공격하기 위해서는 적이 어디를 공격해 와도 끄떡없도록 사방을 잘 방어해야 한다. 즉, 반경에 대비한 방어에도 경영 자원이 필요한 것이다.

◆ 일점 돌파로 적을 혼란시킨다

경영 자원을 적의 약점에 일점 집중하면 단기간에 결판을 낼 수 있게 된다. 이때 적이 공격당한 곳의 방어 태세를 굳히기 전에 돌파를 강행해야 한다. 그것이 일점 집중과 일점 돌파의 핵심이다.

일점 돌파 후에는 그곳을 기점으로 주위를 철저히 공격해야 한다. 즉, 적에게 큰 상처를 입혀놓아야 한다는 것이다. 이후 적을 혼란시켜 아군의 페이스로 끌어들인다면 승부는 끝나는 것이다.

란체스터 전략에는 '전략은 복숭아 씨와도 같다' 라는 말이 있다. 복숭아 씨는 보기에는 더럽고 지저분하다. 즉, 이 말은 전략이란 결코 깨끗한 것이 아닌 적과 서로 속고 속이는 가장 지저분한 싸움이라는 뜻이다.

◆ 아사히 맥주의 예

일본의 아사히(ASAHI) 맥주가 '슈퍼 드라이(Super Dry)' 로 기린(KIRIN) 맥주에게 압승을 거뒀던 사건은 아직도 많은 일본인들의 기억 속에 남아 있다.

'슈퍼 드라이' 가 탄생한 것은 1985년이다. 아사히 맥주는 기린 맥주와 정면으로 승부하지 않고 약점을 철저하게 공략했다.

기린 맥주의 약점이란 무엇일까?

하나는 맛이 조금 쓰다는 것이다. 1980년대에 접어들자 일본에는 먹을 것이 넘쳐 나게 되었다. 특히 단맛에 길들여진 젊은이들은 쓰고 무거운 맥주보다는 가벼운 맥주를 선호하게 되었다. 가볍고 감칠맛 나는 맥주, 그것이 바로 슈퍼 드라이의 컨셉

(Concept)이었던 것이다.

　다른 하나는 캔 맥주의 등장으로 맥주의 판매 경로가 술집에서 대형 소매점으로 이동한 것이다. 기린 맥주는 술집에 직접 술을 판매하는 공급 업체로부터 압력을 받아 대형 소매점 시장에 적극적으로 뛰어들 수 없었다. 그와 반대로 아사히 맥주는 캔 맥주로 기린 맥주의 약점인 대형 소매점을 집중 공략하여 시장 점유율을 확대했던 것이다.

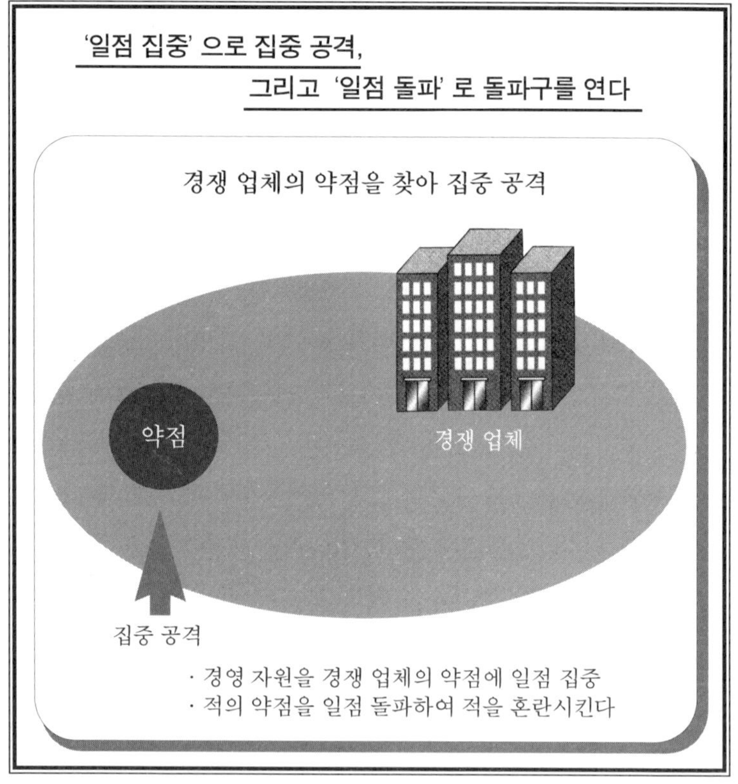

소(小)가 대(大)를 이기기 위한 세 가지 전법

공격을 분산하지 않고 집중함으로써 착실하게 성공을 향해 나아간다

◆ 집중과 정예와 기습

적은 병력으로 많은 병력을 이길 수 있는 합리적인 전법에는 세 가지가 있다.

① 적보다 큰 열세라 하더라도 결전장에서 우세를 점하면 이길 수 있다. 그러하기 위해서는 결전장에서 적의 병력이 집중하는 것을 막고 분산시켜야 한다. 그리고 아군의 전 병력을 결전장이라는 일점에 집중하여 적의 요점, 즉 핵심 부분을 친다. 이것이 일점 집중과 일점 돌파의 전법이다. 이 '국소 우세주의' 는 '소(小)가 대(大)를 친다' 라는 전법의 기본이다.

② 병력이 많으면 숫자를 과신하여 방심하는 경향이 있다. 게다가 명령이 명확하게 전달되지 못하고 팀워크가 부족하며 움직임 또한 둔하다는 결점을 안고 있다. 이는 많은 병력에 안주한 결과 조직의 위기 관리가 소홀해져 있음을 의미하는 것이다. 그

에 비해 병력이 적은 조직은 결속력, 기동력, 투쟁력 등 '질적인 면'을 충실히 함으로써 대(大) 병력의 '양'을 뛰어넘을 수 있다. 이른바 '소수 정예주의'가 이에 해당된다.

③ 질과 양이 모두 열세라 해도 결전장에서 적의 가장 중요한 포인트를 치면 이길 수 있다. 이것이 적의 허를 찌르는 '기습 전법'이다.

이 세 가지가 바로 '소가 대를 이긴다'라는 전법의 기본인 것이다. 바꿔 말하면 앞서 지적한 대병력의 단점을 보강하여 조직의 위기 관리 능력을 높이면 대병력은 점점 강력해지고 항상 이길 수 있다는 뜻이다.

◆ 오다 노부나가의 승리 포인트

오다 노부나가가 오케하자마(桶狹間) 전투에서 승리한 것은 소(小)가 대(大)를 이기는 세 가지 기본 전법을 이용했기 때문이다.

이마카와 요시모토(今川義本)의 4만 대군에 비해 노부나가 군은 그 10분의 1인 4천 명에 불과했다. 4천 명이 4만 명을 정면으로 공격한다면 자멸할 것은 불을 보듯 뻔한 일이었다.

노부나가는 4천의 병력으로 이마카와 요시모토의 본진만을 집중적으로 공격했다. 그리고 계속해서 요시모토 본진의 뒤를 쫓았다.

요시모토 본진이 하자마(狹間)라 불리는 폭이 좁고 긴 골짜기를 통과할 것임을 미리 알고 있던 노부나가는 그곳에 병력을 집중시켰다.

아무리 대군의 보호를 받고 있다 해도 대열이 길게 늘어지면 수비는 소홀해지게 마련이다. 그때 전 병력을 집중시켜 본진을 공격한다면 수장인 요시모토의 목을 칠 수 있다고 판단했던 것이다.

노부나가의 작전은 멋지게 성공했다. 허를 찔러 수장을 잃은 이마카와 요시모토의 4만 대군은 결국 허둥지둥 퇴각할 수밖에 없었다.

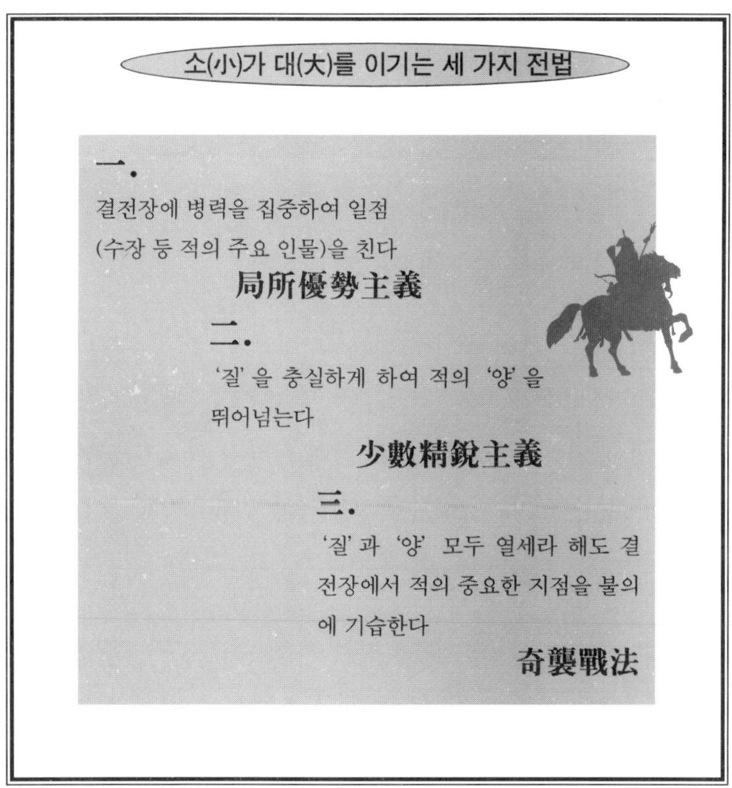

'넘버원(No.1) 전략' 으로 주도권을 잡는다

넘버원에 집착하라

◆ 넘버원이 되어라

넘버원이 되는 것은 경영 전략의 최종 목표이다. 넘버원이라는 목표는 경영자와 사원들을 끊임없이 노력할 수 있게 하는 원동력이 되어준다.

넘버원과 넘버투의 수익 차이는 두 배가 아닌 그 이상이라 해도 과언이 아니다.

넘버원이 되면 대량 생산으로 인해 사세가 확장될 뿐만 아니라 판매 시장의 주도권을 장악하여 자사에 유리하게 사업을 전개할 수 있다.

넘버원이 되는 것은 '선택과 집중' 그리고 '일점 집중과 일점 돌파' 와도 일맥상통하는 방식이다. 넘버원이 되기 위해서는 선택한 곳에 자원을 집중하여 일점 돌파해야 하기 때문이다.

그럼 어느 분야에서 넘버원이 되는 것을 목표로 삼아야 하는

가. 란체스터(Lanchester) 전략에서는 '상품', '고객', '지역' 이 세 분야의 넘버원이 되는 것을 추천하고 있다.

◆ 상품 넘버원 전략

'한정된 상품이라도 좋으니 시장 점유율과 매상의 넘버원을 노린다' 는 전략을 '상품 넘버원 전략' 이라고 한다.

예를 들면 인텔은 컴퓨터 CPU(Central Processing Unit : 중앙 처리 장치)의 넘버원이다.

넘버원 기업은 압도적인 시장 지배력을 지니고 있으며 넘버투 이하의 기업에 비해 수익성도 격이 다르게 높다.

◆ 고객 넘버원 전략

고객에게 신뢰받는 존재, 고객에게 없어서는 안 되는 존재가 됨으로써 안정된 계약 관계가 존속될 수 있다. '고객 넘버원 전략' 은 리피트(Repeat) 효과 또한 높다고 할 수 있다.

예를 들어 자동차 회사에 부품을 납품하고 있는 회사의 목표는 시장 점유율과 거래 액수에서 동종 업계의 디 업체들을 제치고 넘버원이 되는 것이다. 넘버원이 되면 고객에 대해 더욱 많이 알게 되어 고객에게 새로운 어떠한 제안을 하기도 훨씬 쉬워지는 법이다.

◆ 지역 넘버원 전략

'한정된 범위라도 좋으니 그 지역에서 넘버원이 된다' 는 전략을 '지역 넘버원 전략' 이라고 한다.

예를 들면 편의점 '로손(LAWSON)' 은 '지역 최고점 전략' 이라는 판매 전략을 전개하고 있다.

각 지역에서 넘버원을 목표로 삼는다면 경영을 해 나갈 때에도 자립하고자 하는 의지가 불타오를 수 있을 것이다.

한정된 범위라도 '넘버원' 이 되어라!

상품 넘버원

〈어느 상품 분야에서 넘버원이 된다〉
· 에어컨 매상에서 넘버원
· 노트북 매상에서 넘버원
· 특정 기술에서 넘버원
· 어느 소재의 기술에서 넘버원

고객 넘버원

〈고객에게 있어서 넘버원의 존재가 된다〉
· 고객에게 있어서 가장 거래액이 큰 거래처가 된다
· 고객이 가장 신뢰할 수 있는 거래처가 된다
· 거래처의 고객에게 있어 꼭 필요한 존재가 된다

지역 넘버원

〈지역의 동종 업종 중에서 넘버원이 된다〉
· 동일한 영업 지역 내의 동종 업종에서 매상 넘버원
· 지역에서 가장 신뢰할 수 있는 기업이 된다
· 그 지역에 있어 꼭 필요한 존재가 된다

'쉽게 이긴다' 라는 사고방식이란?

◆ 이길 수 있는 태세로 이긴다

"쉽게 이긴다[군형편(軍形篇)]."

'손자병법' 에 실려 있는 유명한 말이다.

싸움이란 다른 사람들도 익히 알고 있는 방법을 통해 이기는 것만이 최선은 아니다. 또 사람들에게 널리 인정받는 승리도 최선이라고는 할 수 없다. 예로부터 전략이 뛰어난 사람은 이기기 쉬운 상황을 만들어놓았기에 이길 수밖에 없었던 것이다. 즉, 전략이 뛰어난 사람은 아군이 이기고 적군이 질 민한 상황을 만들어서 피해없이 자연스럽게 이길 수 있다는 뜻이다.

'손자병법' 에는 이런 말이 있다.

"싸움을 잘하는 자는 우선 적이 우리를 이길 수 없도록 만든 뒤 우리가 적을 이길 수 있기를 기다린다[군형편(軍形篇)]."

싸움을 잘하는 사람은 적에게 절대 패배하지 않도록 상황을

만든 후에 싸움에 임하며 적에게 승리할 수 있는 기회를 절대 놓
치지 않는다.

"미리 승리할 태세를 갖추어놓고 싸우는 자가 승리를 거둘 수 있
으며, 무작정 싸움을 시작하여 놓고서 승리를 얻겠다고 허둥대는
자는 패배할 수밖에 없다[군형편(軍形篇)]."

이기는 자는 먼저 승리할 수 있도록 태세를 정비한 후 싸움을
시작한다. 그러나 지는 자는 싸움을 시작한 후 승리를 얻으려 하
기 때문에 패하는 것이다.

◆ 란체스터 법칙과 손자병법

'란체스터 법칙'이란 영국의 F.W.란체스터(Lanchester,
Frederick William)가 고안한 역학 관계의 법칙을 응용한 기업 경
영 전략이다. 이는 바로 이기기 위한 전략이기도 하다. 란체스터
또한 손자와 마찬가지로 이길 수 있는 상황을 만든 후 필승의 전
략을 세워야 한다고 주장하고 있다.

'란체스터 법칙'에서 주장하는 것은 다음 세 가지 경쟁 원리이다.

① 철저한 넘버원 주의

② 경쟁 목표와 공격 목표를 명확히 하라

③ 일점 집중

여기에서 '넘버원 주의'란 한정된 조건 하에서 넘버원이 되는
자가 싸움에서도 이긴다는 것이다.

그 조건은 '상품', '고객', '지역'이다. 이중 어느 한 분야에

서 넘버원이 되면 타사를 제압하고 크게 비약할 수 있다.

그러나 강자와 약자는 넘버원이 되기 위한 방법이 다르다. 자본력이 약한 약자의 경우 먼저 '지역 넘버원'이 된 후 그것을 토대로 '고객 넘버원', '상품 넘버원'으로 진전되어야 한다. 한편 자본력이 있는 강자의 경우에는 먼저 '상품 넘버원'이 된 후 뒤이어 '고객 넘버원', '지역 넘버원'으로 이행해야 한다. 넘버원 주의는 전략 목표를 세우는 데 있어서 매우 중요한 것이다.

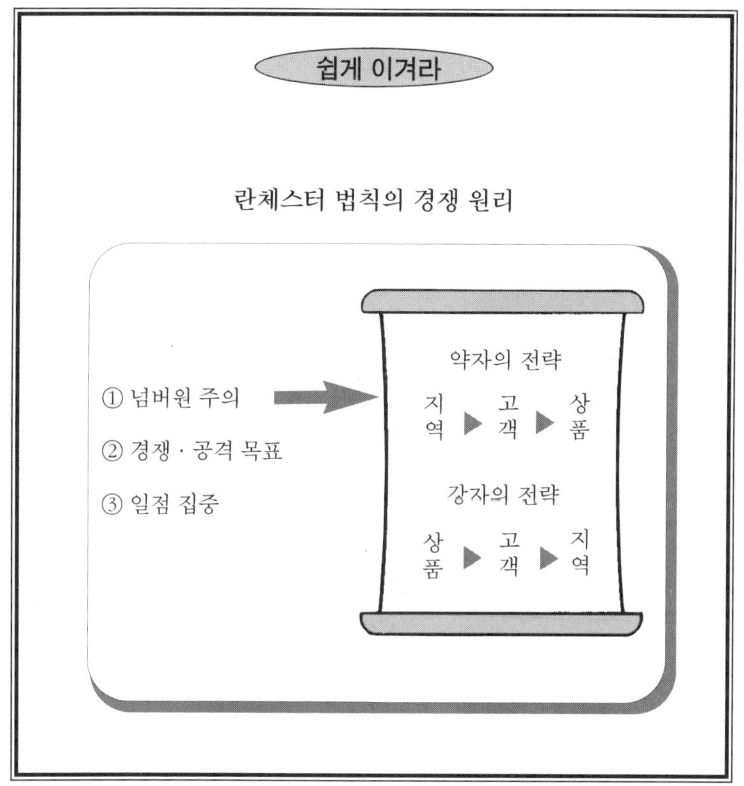

경영 전략의 기본 틀은 3C와 경영 환경

경영 전략의 기본 틀은 3C(자사, 고객, 경쟁 업체)+경영 환경

◆ 경영 전략을 세울 때는 자사만을 생각해서는 안 된다

조직의 규모가 커질수록 일정한 룰을 정하여 조직을 관리할 필요가 있다. 그렇게 되면 조직 내부의 사람들은 상하 관계, 인간관계, 평가 제도 등에 큰 관심을 가지게 된다.

조직이 대규모로 커지게 되면 역할 분담이 세분화되어 전문성을 요구하게 되고 한편으로는 조직 전체를 파악하는 사람이 적어져 버리기도 한다. 그 결과, 조직을 지탱해 주는 고객에게 소홀해지게 되고 오로지 조직의 내부에만 눈길이 미치게 된다. 이것이 바로 대기업의 고질병 중의 하나이다.

조직의 내부, 즉 자사의 내부에만 눈길을 돌린다고 해서 전략적 해결책을 찾을 수는 없다. 그러나 이상하게도 자사 내의 사정만을 파악한 후 경영 전략을 결정하는 기업이 의외로 많다.

◆ 3C와 경영 환경

경영 전략의 기본 틀은 3C와 경영 환경이다. 3C란 자사(Company), 고객(Customer), 경쟁 업체(Competitor)의 머리글자를 딴 것이다. 그리고 경영 환경이란 출생률의 저하에 의한 인구 고령화, 법 규제의 변화, 고조되는 환경 보호에 대한 여론 등 경영을 둘러싼 외부 환경을 뜻한다.

이러한 경영 전략의 기본 틀은 자사 내에만 눈길을 돌리지 말고 자사를 둘러싼 외부 요인을 인식하여 최선의 경영 전략을 세워야 한다는 것을 시사하고 있다.

거품 경제 붕괴 후, 시장은 '풀형 시장(Pull Market : 수요자 중시 시장)'으로 변화하였다. 풀형 시장이란 물건이 넘쳐 나는 시장 상황에서는 필연적일 수밖에 없는 고객 주도형 시장이라 할 수 있다. 최종 판매 업자가 제품 가격을 결정하는 '오픈 가격제(Open Price System)'는 고객의 입김이 중시되는 고객 주도형 시장을 잘 반영해 주고 있는 것이다.

그 결과 경영 전략에 있어서도 고객의 요구 사항을 중요시할 필요성이 높아지고 있다. 항공 회사의 마일리지(Mileage) 카드와 유통 소매 업체 등이 고객에게 발행하고 있는 포인트 카드 등은 단골 고객을 늘리기 위한 경영 전략의 예이다.

경영 환경의 변화를 유리하게 만드는 대응 전략 또한 매우 중요하다. 인터넷으로 대표되는 IT(Information Technology : 컴퓨터 하드웨어, 소프트웨어, 통신 장비 관련 서비스와 부품을 생산하는 산업을 통칭한다)

기술의 발전에 의하여 온라인 증권이나 전자 상거래 등의 인터넷 비즈니스라는 새로운 비즈니스 모델이 탄생한 것이 그 좋은 예이다.

경영 환경의 변화에 빠르게 대응하지 않으면 기업은 어려움을 겪을 수밖에 없다. 그러나 변화를 기회로 삼아 적극적으로 받아들인다면 새로운 비즈니스 모델을 창출해 낼 수 있을 것이다.

자사 내부의 좁은 범위 안에서 경영 전략을 논하지 말고 3C와 경영 환경을 고려한 경영 전략 시나리오를 구축하는 것이 필요하다.

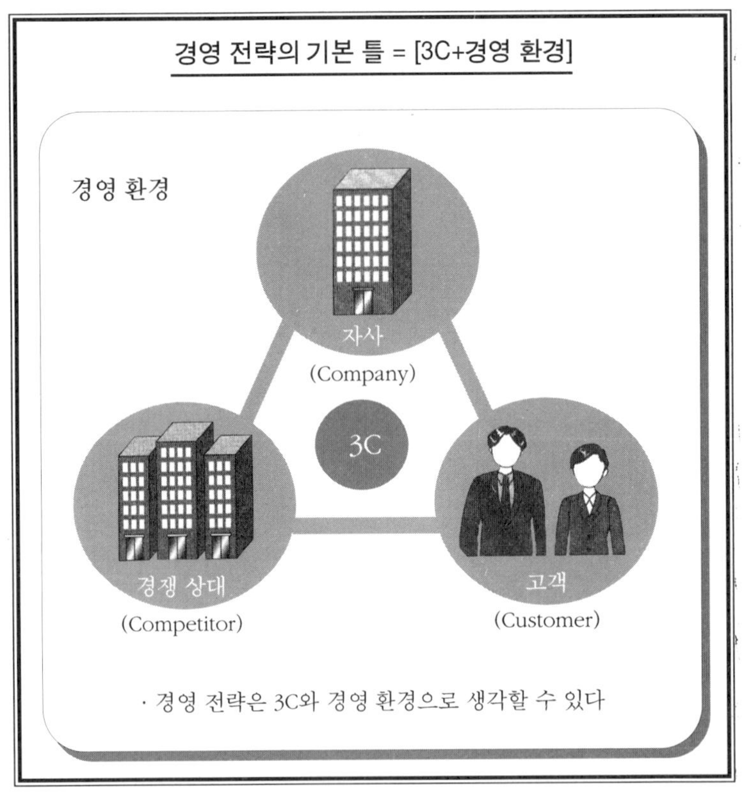

란체스터의 경쟁 원리

경영 전략의 기본 틀은 3C(자사, 고객, 경쟁 업체)+경영 환경

◆ 경쟁 목표와 공격 목표의 차이

'란체스터 법칙'의 세 가지 경쟁 원리 중 남은 두 가지를 살펴보도록 하자.

란체스터는 경쟁 목표와 공격 목표를 명확히 분리하라고 주장하고 있다.

이 둘을 일반적으로 설명하자면, '경쟁 목표'란 시장 점유율이 자사보다 높거나 대등한 기업을 말한다. 그리고 자사보다 시장 점유율이 낮은 기업이 바로 '공격 목표'이다.

따라서 '경쟁 목표와 공격 목표를 확실히 구분하면 쉽게 이길 수 있다'는 손자병법에 따라 자사보다 약한 기업을 공격 목표로 삼아 승리를 쟁취하면 되는 것이다.

또 자사보다 강한 기업을 경쟁 목표로 삼으면 앞으로 나아갈 방향을 확실하게 결정할 수 있다.

그러나 자사보다 강한 경쟁 목표를 공격하거나 경쟁 목표와 공격 목표를 혼동하여 어중간한 공격을 시도하면 반드시 뼈아픈 대가를 치르고 결국에는 패배하게 될 것이다.

일본 동북 지방의 지배자가 된 다테 마사무네(伊達政宗)는 바로 이 목표 설정에 성공하여 급격히 성장했던 인물이다.

다테 마사무네가 경쟁 목표로 삼은 것은 도요토미 히데요시와 오다하라의 호조였다.

마사무네는 막강한 힘을 자랑했던 히데요시에게 굴복하지 않고 오히려 히데요시와 대등하게 싸울 수 있는 힘을 얻기 위해 자신보다 약한 상대를 공격 목표로 삼았던 것이다. 아이즈(會津)의 아시나(蘆名)와 히타치(常陸)의 사타케(佐竹)를 공격한 것이 바로 그 예이다.

마사무네는 경쟁 목표인 히데요시와 호조가 싸우고 있는 동안 차례차례 목표를 공격하여 수월하게 영토를 확대해 나갔던 것이다.

◆ 일점 집중의 경쟁 원리

마지막 경쟁 원리인 '일점 집중'에 대해서는 앞에서도 언급한 바 있다. 그것을 '란체스터 법칙'을 통해 간단히 설명하자면 몇 개의 공격 목표 중에서 하나를 선택한 후 모든 힘을 집중하여 단기간에 결정적인 성과를 올리는 것이다.

자사의 세력을 분산시켜 여러 공격 목표를 공격하면 승리할 확률도 낮고 손실도 커지기만 할 뿐이다.

따라서 한 목표를 집중적으로 공격하여 제압한 후 또다시 다음 공격 목표를 집중적으로 공격해야 한다. 이것이 승리를 확실하게 만들고 다음 승리를 얻기 위해 필요한 조건이다.

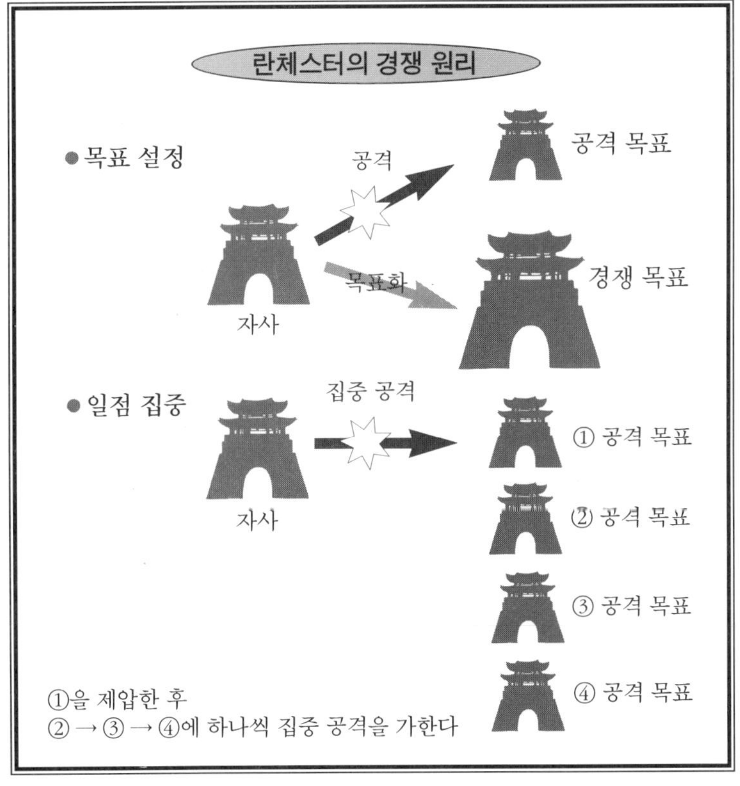

SWOT 분석으로 현상 분석

SWOT 분석은 경영 전략을 분석하기 위해 꼭 필요한 것이다

◆ SWOT 분석이란?

경영 전략을 결정하기 위해서는 현상을 분석할 필요가 있다. 현상 분석은 경영 전략의 기본 틀인 3C와 경영 환경의 변화에 따라 행하는 것이 좋다.

경영 전략의 현상을 분석하는 방법으로는 'SWOT 분석' 이라는 것이 있다. SWOT 분석은 단기간에 간단히 작성할 수 있기 때문에 매우 편리한 방법이다.

SWOT란, S는 강점(Strength), W는 약점(Weakness), O는 기회(Opportunity), T는 위협(Threat)을 뜻한다. 이 네 가지 관점에서 경영 전략을 분석하면 앞으로의 경영 전략의 방향을 볼 수 있다.

SWOT 분석의 궁극적인 목적은 '강점을 살리고 약점을 극복한다', '기회를 살리고 위협을 극복한다' 는 것이다.

SWOT 분석과 경영 전략의 기본 틀과의 관계를 살펴보면 강점과 약점은 자사가 처해 있는 환경이다. 그리고 기회와 위협이라는 것은 고객, 경쟁 상대, 경영 환경 등과 같은 외부적 환경과 대응하고 있는 것이라 하겠다.

◆ 강점을 살리고 약점을 극복한다

강점을 인식하지 않으면 그 강점을 유지할 수 없다. 따라서 현재의 강점을 빨리 파악하여 앞으로의 경쟁력 강화를 위해 노력해야 하고 이익의 원천이 될 수 있는 것 또한 빨리 인지해서 이를 더욱 견고히 해야 한다. 약점을 알고 나면 앞으로의 상황이 어떻게 전개될 것인가가 보이기 시작한다.

약점을 극복하기 위해서는 자사의 약점을 빨리 파악해야 한다. 약점을 방치해 두면 경쟁 기업은 그 약점을 파고들어 오게 마련이다. 약점을 극복해야만 경쟁에서 지지 않는 기업이 될 수 있는 것이다.

◆ 기회를 살리고 위협을 극복한다

기회와 위협적인 상황에 대한 대응은 장기적 시점으로, 즉 미래에 대한 예측도 같이 생각하는 것이 현명하다. 현재 상황만 바라보고 있는 것만으로는 충분하지 않다.

기회를 인식하지 않으면 그 기회를 활용할 수 없다. 또 온 힘을 다해 기회를 살려야만 유리한 사업 전개가 가능해진다.

대부분의 벤처 기업은 기회를 잘 활용하여 신규 사업에 진출하고 있다. 정보 통신을 활용한 인터넷 비즈니스 분야에 벤처 기업이 많은 이유가 바로 이러한 상황을 잘 반영해 주고 있다.

위협 상황을 잘 인식해야만 위험 요소를 미리 파악하여 관리할 수 있다. 위협적인 상황을 방치하는 것은 장래의 성장을 저해하는 요인이 되므로 방치하지 말고 적극적으로 극복해 나가야 할 것이다.

SWOT 분석은 경영 전략 분석의 척도

〈자사의 파악〉
· 강점(S : Strength)을 파악한다
· 약점(W : Weakness)을 파악한다

〈외부 환경의 파악(경영 환경, 고객, 경쟁 업체)〉
· 기회(O : Opportunity)를 파악한다
· 위협(T : Threat)을 파악한다

맥주 회사의 SWOT 분석 〈예〉

외부 환경 파악	· 규제 완화[발포주(發泡酒)의 저세율] · 청년층의 맥주 선호도 증가 · 소매점에서 쉽게 구입할 수 있다 · 캔 맥주의 정착(Compact 화)	· 해외산 맥주의 수입 확대 · 주점 등에서의 시장 점유율 하락 · 소매점, 편의점 등으로 판로 확대 · 소매점에서 납품가의 가격 인하 압력 · 맥주 캔의 회수 문제
	기회	위협
	강점	약점
자사 강점 · 약점	· 브랜드 파워 · 중장년층 고객에 강하다 · 전국 주점의 강력한 판매망 · 원재료의 조달력[특히 홉(Hop)]	· 자동화에 뒤처진 공장 생산 라인 · 생산비가 타사보다 높다 · 젊은층 고객에 취약하다 · 소매점, 편의점 등의 판로가 취약하다

[중요] ·강점을 살리고 약점을 극복한다 ·기회를 살리고 위협을 극복한다

란체스터의 2대 법칙

SWOT 분석은 경영 전략을 분석하기 위해 꼭 필요한 것이다

◆ 약자의 전략 포인트

'란체스터 법칙'을 언급한 김에 그 전략도 설명해 두도록 하겠다.

'란체스터 법칙'은 '손자병법'과 공통되는 부분이 많다. 또 현대에 이르러 경영 전략의 원리가 되고 있다는 것도 '손자병법'과 비슷한 점이라 할 수 있다.

'란체스터 법칙'에는 다음 두 가지 법칙이 있다.

① 1:1 법칙→ 약지의 전략

② 집중 효과 법칙→ 강자의 전략

'1:1 법칙'이란 초기 병력의 차이가 그대로 승패를 가른다는 것이다.

예를 들어 A 군의 병력 10과 B 군의 병력 5가 정면 승부를 벌인다면, B 군이 전멸했을 때 A 군의 병력은 5가 남게 되므로 A 군이 승리하게 된다는 것이다.

예를 통해서도 알 수 있듯이 적과 싸울 때에는 적 이상의 전력을 보유해야만 적을 이길 수 있음은 자명한 원칙이라 할 수 있겠다.

그럼 병력 면에서 압도적으로 열세인 약자가 강한 상대를 이기기 위해서는 어떻게 하면 좋을까. 그러하기 위해서는 다음과 같은 '약자의 전략'이 필요하다.

① 국지전을 선택한다.

② 접근전으로 유도한다.

③ 1:1의 형태로 싸운다.

④ 병력의 분산을 피하고 한곳을 집중적으로 공격한다.

⑤ 양동 작전으로 상대의 허를 찌른다.

이것이 바로 손자병법과 마찬가지로 소(小)가 대(大)를 이기기 위한 기본 전략인 것이다.

◆ 강자의 전략 포인트

'집중 효과 법칙'이란 통합전이나 근대 병기를 사용하는 경우에 적용된다.

예를 들자면 A 군의 전투기가 100대이고 B 군이 60대일 경우, 각 군의 전력은 병력 수의 제곱이 된다는 란체스터 법칙을 응용해 보면 A 군과 B 군의 전력은 각각의 제곱인 10,000과 3,600이 된다.

10,000에서 3,600을 빼면 6,400이 나온다. 이것을 루트($\sqrt{\ }$)로 계산하면 80이 된다. 즉, 80이라는 숫자는 B 군의 전투기 60대가 전멸했을 때 A 군에 남아 있는 전투기 수이다. 당연히 A 군의 승리인 것이다.

이처럼 싸우기 전의 전력 차이는 얼마 되지 않아도 결과에는 큰 차이가 있다.

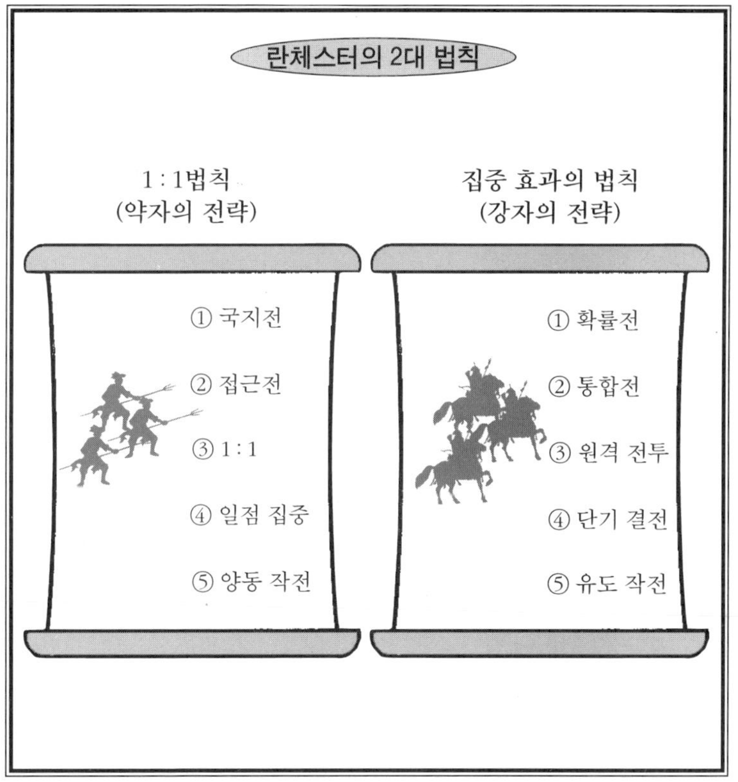

이 때문에 집중 효과 법칙을 통해 '강자의 전략'을 세울 수 있
다.

① 가능한 한 확률전으로 유도한다.

② 1 : 1을 피하고 통합전을 전개한다.

③ 접근전을 피하고 원격 전투로 유도한다.

④ 압도적인 병력으로 단기전을 노린다.

⑤ 적을 분산시키기 위한 유도 작전을 펼친다.

'1 : 1 법칙'과 '집중 효과 법칙' 중 어느 것을 경영 전략의 기
본으로 삼느냐가 승패의 열쇠라고 할 수 있다.

2장

전략의 지식 체계

경영 전략의 체계와 경영 이념

경영 이념은 하루하루의 경영 활동과 직결된다

◆ 경영 전략의 체계

경영 전략의 핵심은 경영 이념이다. 경영 이념이란 '무엇을 위해 사업을 하는가' 라는, 즉 '사회적 사명감(Mission)' 과 '사업을 통해 이루고자 하는 목표(Vision)' 로 구성되어 있다고 할 수 있다.

기본 전략은 도메인(Domain : 사업 영역), KFS(Key Factor for Success : 핵심 성공 요인), 핵심 역량(Core Confidence), 기본 방침 등으로 구성되어지는데 이는 경영 이념을 토대로 해서 기본 전략이 수립된다는 것이다. 또한 기본 전략을 바탕으로 '기능별 전략' 이 책정된다.

기능별 전략이란 상품 전략, 영업 전략, 재무 전략 등의 전문 분야로써 기본 전략을 구체화하는 전략을 말한다.

경영 전략이 정착되지 않은 기업은 기능별 전략이 결여되어 있는 경우가 많다. 기능별 전략이 없으면 기본 전략의 개념이 모호해져 실행으로 옮겨지지 않는다. 기본 전략이나 기능별 전략은 중장기(3~5년)적 관점에서 수립되는 경우가 많다.

이런 전략들을 구체적으로 실행하기 위해서는 '연도 실행 계획'을 세울 필요가 있다. '연도 실행 계획'에서는 연내의 매상 이익 계획과 연내에 반드시 해야 할 중점 시책을 세워야 한다. 하루하루의 경영 활동은 정기적으로 실적을 파악하여 계획대로 진행되고 있는지 평가받게 된다. 또 구체적인 실적은 월차 보고와 분기별 보고 등으로 평가되며 예정대로 진행되고 있지 않을 경우에는 긴급한 시정 대책이 이루어진다.

◆ 경영 이념은 경영의 기본이다

경영 이념이란 경영 전략을 실행하기 위한 기본 바탕이라고 할 수 있다.

기업을 경영하기 위해서는 '무엇 때문에 사업을 하는가'라는 사회를 위해 해야 할 임무, 즉 사회적 사명감을 명확하게 해둘 필요가 있다.

이 사회적 사명감을 '미션(Mission)'이라고 한다. 예를 들어 식품 회사는 제2차 세계 대전 직후 가난한 식생활에서 벗어나기 위한 '풍요로운 사회와 식생활 문화의 향상'을 사회적 사명감으로 삼고 있는 경우가 많다. 사회를 위해 해야 할 임무, 즉 미션(Mission)이라는 것은 사회를 위하려는 창업자의 뜨거운 마음을 대변하는 것이라 할 수 있다.

'비전(Vision)'이란 사업을 통해 실현하고자 하는 것을 말한다. 다르게 표현하자면 '경영 목표'라고 할 수 있다. 미래에 대한 열정과 미래를 지향하는 모습을 분명히 해야만 사원들의 결속력을 다질 수 있다.

경영 이념이란, 기업의 지표이며 경영 활동의 전제 조건이라 할 수 있는 기본 바탕이기도 하다.

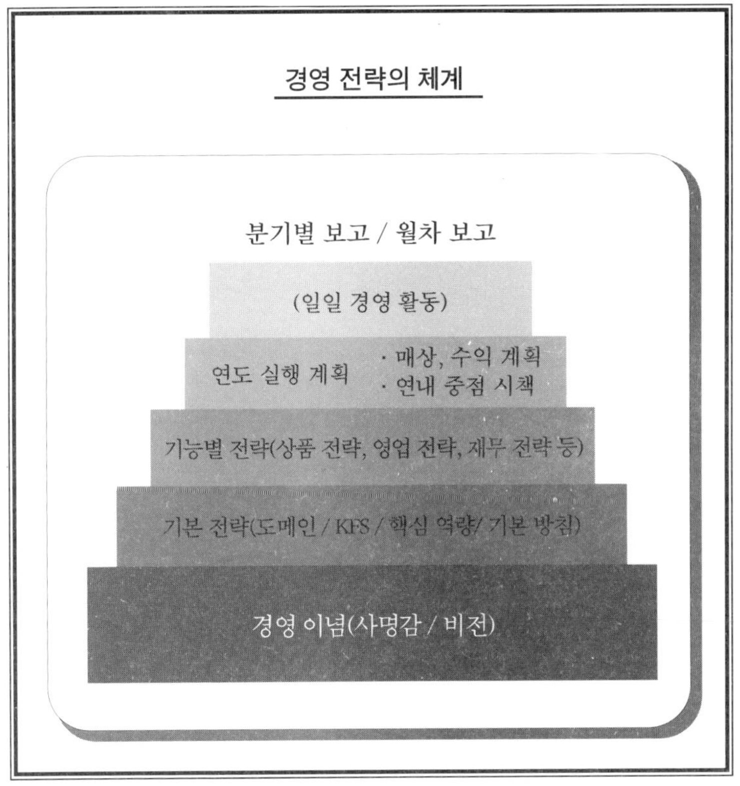

장기전을 피하라

경영 이념은 하루하루의 경영 활동과 직결된다

◆ 싸움의 목적 의식을 분명히 하라

싸움에 있어 목적이란 중요한 것이다. 그 목적이 분명하고 누가 생각해도 정당하다면 사람들은 싸움에 적극 동참하게 된다. 그러나 싸우는 목적이 분명치 않고 여론의 지지를 얻지 못한다면 그 싸움은 시들해져 버린다.

아케치 미쓰히데(明智光秀)가 혼노지(本能)에서 주군인 오다 노부나가를 쳤을 때, 미쓰히데 군의 대부분은 지시받은 대로 움직이긴 했으나 정당한 목적이 아닌 탓에 결국 아케치 미쓰히데로부터 떠나가고 말았다.

한편 도요토미 히데요시는 '주군 오다 노부나가를 배신한 적을 친다'라는 납득할 만한 목적을 내건 덕분에 단숨에 아케치 미쓰히데를 칠 수 있었다.

싸움의 정당한 목적과 의의는 조직의 결속력을 더욱 굳건히

할 뿐만 아니라 여론의 지지를 얻을 수 있게 해준다. 단, 정당한 의의를 제시하여 싸움에서 이긴다 해도 장기전 끝에 얻은 승리는 군대를 피폐하게 만들고, 전투 의욕을 상실시키며, 재정에도 커다란 부담을 주게 된다. 그뿐만 아니라 싸움의 의의나 목적 의식에도 혼란이 발생하게 마련이다. 그 때문에 손자는 이렇게 단언했다.

"서툴더라도 재빨리 결말을 지어야 한다는 말은 들었어도, 썩 잘하더라도 오래 끌어 성공한 예는 아직 보지 못하였다[작전편(作戰篇)]."

전술적으로 조금 부족하더라도 빨리 싸움을 결말지으면 이길 수 있지만 교묘한 전술이 있다 해도 싸움을 오래 끌면 이길 수 없다는 뜻이다. 이것이 그 유명한 '서툴더라도 재빨리 결말을 지어야 한다' 라는 병법의 원칙이다.

◆ 속전속결과 장기전의 대비

그럼 왜 속전속결은 좋고 장기전은 나쁜 것일까?

속전속결의 장점으로는 단기전이기 때문에 사기가 고양된다는 점과 충실한 전력을 유지할 수 있다는 점, 재정에 부담이 적다는 점, 제3자의 개입을 막을 수 있다는 점을 들 수 있다. 그리고 또 하나의 장점은 싸움의 목적과 의의를 관철할 수 있다는 점이다.

한편 장기전의 단점으로는 사기가 저하된다는 점과 전력이 소모된다는 점, 재정에 막대한 부담을 준다는 점, 제3자의 개입을 초래할 수 있다는 점, 그리고 싸움의 목적이 상실될 우려가 있다는 점을 들 수 있다.

'방어 태세로 돌아가 이긴 사람은 없다' 는 옛말이 있다.

현대의 경영 또한 마찬가지이다. 방어 위주의 경영만으로는 조직의 사기를 고양시킬 수 없다. 외부를 향해 재빨리 공격 태세를 취하는 것이 진정한 기업 방어인 것이다.

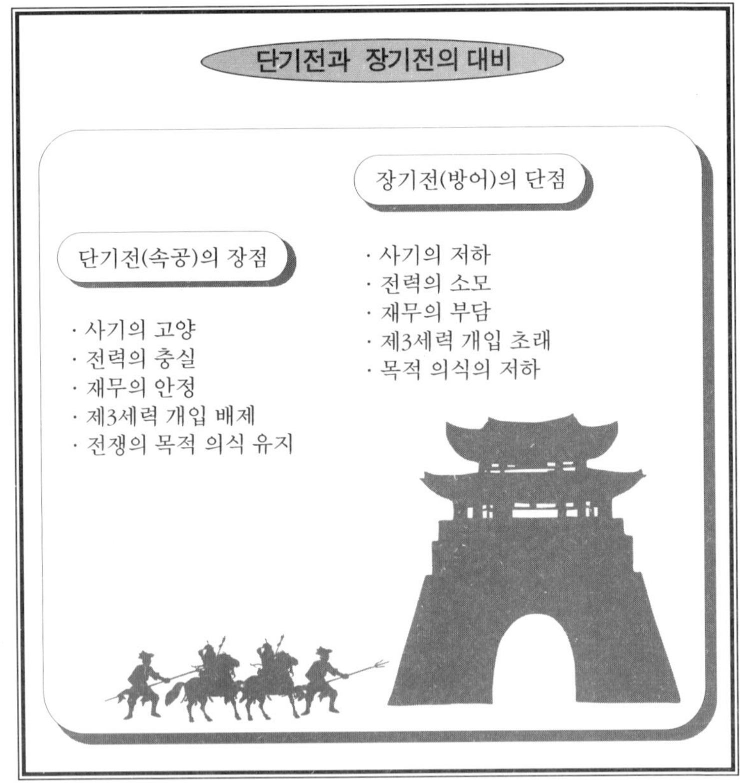

[기본 전략 Ⅰ] 도메인(Domain)이란
사업 영역을 가리키는 것이다

사업 영역을 분명히 하면 새로운 사업 전개가 보인다

◆ 어디서 싸울 것인가를 결정한다

경영 활동과 군대의 싸움에 있어서 '어디서 싸울 것인가' 라는 문제는 승패에 중요한 영향을 미친다. 불리한 장소에서 싸우는 것보다는 유리한 장소에서 싸우는 편이 최소한의 전력과 희생으로 최대의 성과를 얻을 수 있기 때문이다.

사업 영역이란, 어디서 싸울 것인가를 정의하는 것이다.

자사에 유리한 사업 영역을 정하면 최소한의 경영 자원으로도 이익을 얻을 수 있다. 또 장소의 이점을 알고 있으면 생각지 못한 실패도 최소한으로 막을 수 있다.

◆ 사업 영역을 무시한 다각화

일본의 거품 경제가 한창일 때 많은 기업들이 신규 사업에 손을 댔다가 도산하고 말았다. 사업 영역을 무시한 신규 사업 진출은 실패할 가능성이 매우 높다는 말이다.

특기 영역이 아닌 분야에 신규 진입하면 아무것도 없는 상황에서 시작해야만 한다. 전문 지식을 지닌 인력도 없거니와 고객 또한 전무한 상태이기 때문에 판매망 구축에도 엄청난 힘을 쏟아야 한다. 그야말로 제로(Zero)에서의 출발인 것이다. 그 결과 이익을 얻기까지 예상했던 기간보다 더 많은 시간이 걸리게 되는 것이다.

◆ 사업 영역을 결정할 때의 유의점

사업 영역을 결정할 때에는 사업의 미래를 고려해야 한다. 기업이 지속적으로 성장하기 위해서는 다각화가 용이한 사업 영역을 결정하는 것이 바람직하다. 동시에 자사의 장점을 살릴 수 있는 영역을 선택해야 한다.

사업 영역을 정의할 때에는 한 가지 유의해야 할 점이 있다. 사업 영역이란 기능이지 수단이 아니라는 점이다. 사업 영역을 수단으로 정의했다가 실패한 예로는 미국의 한 철도 회사를 들 수 있다. 그 철도 회사는 사업 영역을 철도 사업이라고 정의했다. 그 때문에 다른 신규 사업으로의 길이 막혀 결국 쇠퇴하게 되었다. 만약 사업 영역을 종합 운송 사업이나 종합 운송 레저 사업으로 정의했다면 새로운 사업 전개를 할 수 있었을 것이다.

◆ 다각화하기 쉬운 사업 영역의 예

더스킨(DUSKIN) 사의 핵심 사업은 걸레 등의 청소 용구를 빌려주는 렌털 사업이다. 이 점을 살려 '환경을 깨끗하게 만드는 사업'으로 사업 영역을 정의하면 공기 청정기나 정수기 등의 신규 사업이 떠오르게 된다. 또 '종합 렌털 사업'이라고 정의하면 걸레가 아닌 사람 등을 렌털하는 사업이나 각 가정을 대상으로 하는 청소 대행업이라는 신규 사업이 보이기 시작한다.

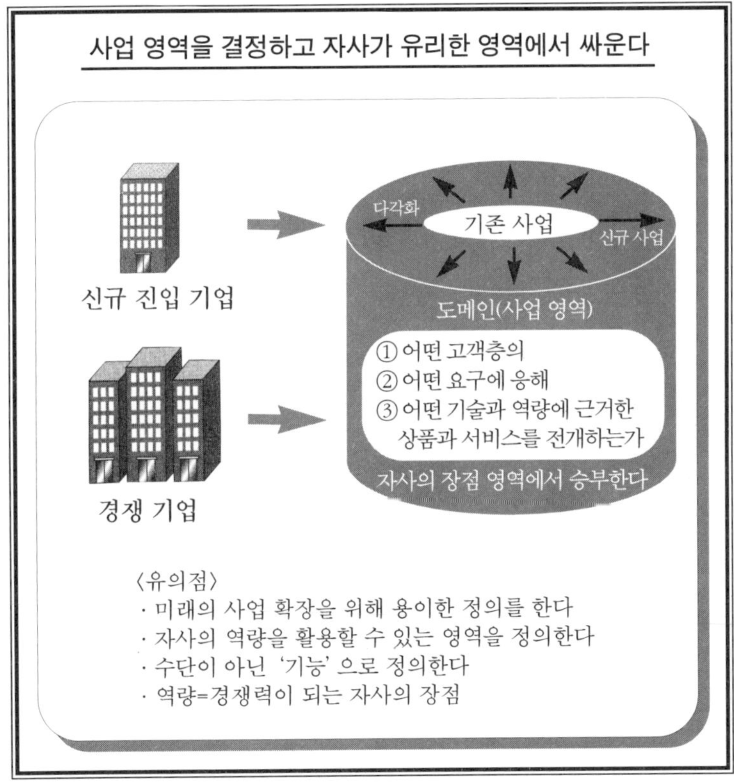

'지혜로운 장수는
군량(軍糧)을 적지에서 조달한다' 의 진의

사업 영역을 분명히 하면 새로운 사업 전개가 보인다

◆ 한 걸음이라도 적지에서 싸워라!

싸움이란 아군의 영역에서 싸우지 않고 적의 영역으로 들어가서 싸우는 것이 철칙이다.

적을 아군의 영역으로 끌어들여서 싸우면 지리적 이점을 잘 알고 있기에 유리할 거라고 생각하기 쉽다. 그러나 그렇게 되면 아군의 영토가 피해를 입게 되고 물자와 식량을 약탈당해 백성을 공포로 몰아넣게 된다.

'적의 영토에 들어가서 싸워라' 라는 말이 있다.

일본의 전국 시대에 승리를 거머쥔 무장들은 다들 자국이 아닌 적국에서 승리를 거뒀다. 반대로 자국을 침공당한 무장들은 영토를 다스리는 능력 부족으로 인해 병력이 부실해지거나 전략 능력이 결여되어 결국엔 멸망하고 말았다.

사츠마(薩摩)의 시마즈(島津)는 도요토미 히데요시가 큐슈를 평정할 때 자국에서 나와 큐슈 전역에서 전투를 벌였다. 그 덕분에 히데요시 군에게 항복한 후에도 이전의 영토를 보장받을 수 있었다.

싸우는 것 자체만이 전쟁의 목적은 아니다. 전쟁으로 인해 얻을 수 있는 이익을 위하여 싸움을 해야 한다.

에치고(越後)의 우에스기 켄신(上杉謙信)은 때때로 관동 지방으로 출격하여 전쟁을 벌였으나 영토 지배에 따른 이익을 얻을 수 없었다. 그 때문에 싸우는 것만이 목적으로 변하여 끝도 없이 출격을 거듭한 탓에 천하의 패권을 쥘 만한 힘을 쌓을 수 없었다.

◆ 싸움에서 이익을 얻으려면?

'손자병법'에는 이런 말이 있다.

"전쟁을 잘하는 자는 백성을 두 번씩 징집하지 않고, 양곡과 말의 먹이를 세 번씩 운반하지 않는다. 장비는 자기 나라에서 담당하지만 군량과 마초는 적지에서 조달한다. 그러므로 군량이 넉넉하다[작전편(作戰編)]."

전쟁을 잘하는 자는 국민을 두 번 징집하지 않고 자국에서 식량을 추가로 우송받지 않는다. 장비는 자국에서 담당하지만 군량은 적지에서 조달하기에 자국에 대한 부담이 적고 식량 부족에 시달리지도 않는다.

"그러므로 지혜로운 장수는 군량을 적지에서 조달한다[작전편(作

뛰어난 지휘관은 식량을 적지에서 조달한다는 뜻이다.

물론 여기서 말하는 식량이란 군대를 위한 것이다. 그러나 적으로부터 단순히 식량을 수탈하는 것은 진정한 이익이 될 수 없다.

싸우는 것만이 목적이라면 일시적인 수탈로 군량을 유지할 수는 있다. 그러나 중장기적인 전망이 있을 경우, 식량의 생산과

유통 구조를 정비하지 않으면 진정한 이익이나 승리와는 이어질
수 없다.

지배 지역에서 사업 영역을 다각적으로 전개해야만 이익을 얻
을 수 있는 것이다.

우에스기 켄신처럼 싸움만이 목적인 전략으로도 전쟁에 이길
수는 있다. 그러나 그 승리는 일시적인 것으로 끝나기 마련이다.
그래서 경영 전략과 전망이 필요한 것이다.

[기본 전략Ⅱ] 코어 컨피던스로 장점을 살리는 경영

코어 컨피던스란 기업의 경쟁력이 되는 장점을 뜻한다

◆ 코어 컨피던스(Core Confidence)

식물이 튼튼하게 자라 풍요로운 과실을 맺기 위해서는 튼튼한 줄기와 가지가 필요하다. 튼튼한 가지를 만들기 위해서는 대지로부터 풍부한 수분과 영양분을 빨아들일 수 있는 튼튼한 뿌리가 필요하다. 뿌리는 밖에서 보이지 않는다. 그러나 뿌리는 식물을 장기적으로 성장시키는 원천이라 할 수 있다.

사업에 있어서도 중장기적으로 사업을 지탱해 나가는 튼튼한 뿌리를 키우는 것이 중요하다. 사업을 나무에 비유하자면 코어 컨피던스(Core Confidence : 핵심 역량 요소)가 바로 뿌리에 해당된다. 따라서 줄기가 코어 컨피던스에서 탄생하는 핵심 제품이며, 가지가 사업부이고, 꽃과 과실은 최종 제품이라 할 수 있다. 또 코어 컨피던스의 뿌리가 퍼져 있는 대지는 사업 영역(도메인)이라고 할 수 있다.

코어 컨피던스는 경쟁 기업들과 중장기적으로 경합할 수 있는 경쟁력을 지닌 것이어야 한다. 쉽게 모방할 수 있는 것이라면 경쟁 기업들과 차별화를 꾀할 수 없기 때문이다.

메이커에서는 특정 기술을 코어 컨피던스로 삼는 경우가 많다. 또 유통업에서는 유통 경로나 판매 경로를 핵심 역량 요소로 삼는 경우가 많다.

예를 들어 가전제품 메이커인 샤프(SHARP)에서는 액정 기술

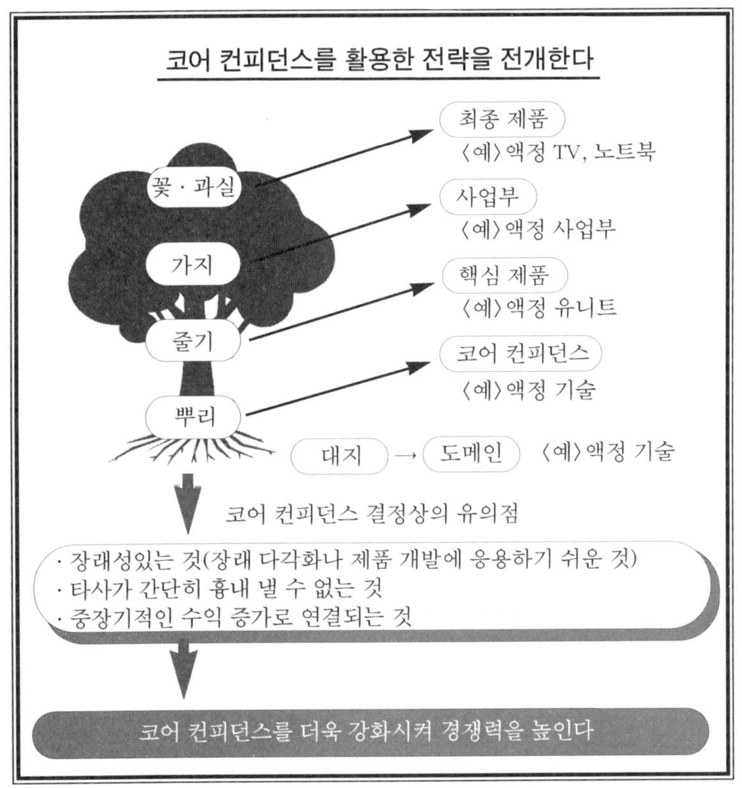

을 코어 컨피던스로 삼고 있다. 액정 TV, 노트북, 휴대전화, 전자 수첩 등 응용 범위가 넓고 시장의 장래성이 있는 기술을 코어 컨피던스로 삼고 있는 것이다.

◆ 코어 컨피던스(Core Confidence)와 아웃 소싱(Out Sourcin)

최근 코어 컨피던스 경영이 경영 혁신으로 주목받고 있다.

코어 컨피던스 경영이란 핵심 역량 요소를 더욱 강화하여 중장기적인 경쟁력을 강화해 나가는 전략이다.

아시아 각 나라의 기업이 대두됨으로써 기술이 간단히 모방되는 경우가 증가하였으므로 자사의 장점을 타사가 모방할 수 없도록 코어 컨피던스에 총력을 기울여야 할 필요성이 더욱 강조되게 되었다.

한편으로는 최소한의 적은 경영 자원으로 투자 효율을 높여 나가지 않으면 안 된다. 따라서 핵심 역량 요소가 아닌 업무는 아웃 소싱(Out Sourcin : 어느 분야에 전문성을 지니고 있으며 제품, 기술, 비용 면에서 가장 뛰어난 기업에 업무를 위탁하는 것)할 필요가 있다.

타사와의 경쟁력에서 차별화할 수 없는 업무는 적극적으로 아웃 소싱하는 것이 좋다.

승리를 손에 넣어 자본의 뿌리와 줄기를 살찌워라

코어 컴피턴스란 기업의 경쟁력이 되는 장점을 뜻한다

◆ '적에게 이김으로써 보다 강해진다'

어느 시대나 어느 회사에도 '약육강식'의 섭리는 강력하게 작용하고 있다. 손자는 이 '약육강식'의 섭리를 교묘하게 이용하여 이익을 확대하라고 말했다.

병사가 공적을 세우면 그 공적에 걸맞는 보상을 내려야 한다. 또한 획득한 이익을 아군의 전력에 도입해야 한다. 이것이 바로 '적에게 이김으로써 보다 강해진다[작전편(作戰編)]'라는 것이다.

이것은 기업 전략에도 적용된다. 타 기업의 '흡수와 합병'이 바로 이에 해당되는 것이다. 새로운 분야로 사업을 확장할 경우, 물론 자사의 힘이 충분하다면 새로 사업을 전개해도 좋지만 이미 있는 기업을 타깃으로 삼아서 그곳을 집중적으로 공격한 후 흡수·합병하는 방법도 있다. 한마디로 가지를 늘려서 뿌리와 줄기를 살찌우는 방법이다. 그러하기 위해서는 '주식 매점'이나

‘헤드 헌팅(Head Hunting)’ 등 격렬한 공방전이 펼쳐지기 마련이다. 그러나 장기전에 접어들면 손실이 발생하고 지장을 초래하게 된다. 그 때문에 공방전은 장기전을 피하고 조기에 해결해야한다.

‘손자병법’에는 이런 말이 있다.

"비록 승리를 눈앞에 두고 있다 하더라도 장기전이 되면 군은 피폐하고 사기는 떨어진다[작전편(作戰編)]."

물론 그럴 경우 최전선에서 싸운 자들의 업적을 정당하게 평가하여 보상을 내리지 않으면 안 된다는 것을 명심할 필요가 있다.

◆ 도쿠카와 이에야스의 인적 자본 증강책

최근 기업 간의 합병이 증가하고 있다. 합병에는 대등 합병, 대가 소를 삼키는 합병, 서로의 약점을 보강하는 합병, 이업종 간의 합병 등 다양한 형태가 있다.

합병에서 가장 관심의 표적이 되는 것은 자산 규모이다. 그러나 흡수한 조직과 인재를 어떻게 활용하느냐도 잊어서는 안 될 중요한 문제이다.

도쿠카와 이에야스는 멸망해서 거리를 헤매고 있는 타케다(武田) 가문의 가신들을 버리지 않고 등용하여 전력을 강화했다. 타케다 가문의 가신들 중에는 강한 자가 많았기 때문에 그들을 아군에 흡수함으로써 도쿠카와는 보다 크게 비약할 수 있었다.

타케다 가문의 가신들은 도쿠카와 사천왕이라 불리는 무장 중

의 한 사람인 이이 나오마사(井伊直政)에게 발탁되었으며 붉은
갑옷으로 통일하고 있던 탓에 '도쿠카와의 붉은 군단'으로 불리
며 두려움을 샀다.

이이 나오마사 또한 멸망한 이마카와(今川) 가문의 가신으로
도쿠카와 가문에 흡수된 인물이다. 하지만 흡수된 자의 숙명 탓
에 그들은 항상 최전선에 세워졌다. 도쿠카와 가문은 그런 식으
로 뿌리와 줄기를 살찌웠던 것이다.

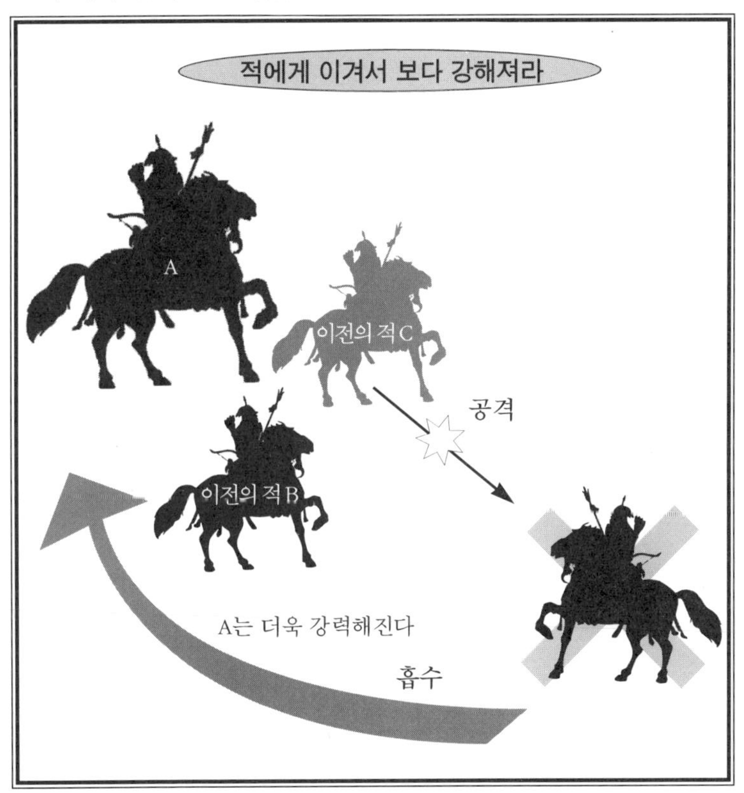

[기본 전략III] KFS와 비즈니스 모델

비즈니스 모델에 KFS를 도입한다

◆ KFS는 이익의 원천

KFS(Key Factor for Success : 이윤 극대화에 직결되는 성과 요소)는 기업을 성공으로 이끄는 열쇠를 뜻한다. 또한 기업에 '경쟁 우위의 원천은 무엇인가?', '이익의 원천은 무엇인가?' 를 묻는 것이기도 하다.

KFS를 발견하는 것은 쉽지 않은 일이다. 그러나 KFS를 분명히 하지 않으면 아무리 노력해도 좀처럼 이익을 얻을 수 없다. 기업의 이윤을 높이기 위해서는 이윤을 낳는 게 무엇인지 분명히 해둘 필요가 있다.

◆ 비즈니스 모델(Business Model)이란 이윤을 얻는 구조

최근 '비즈니스 모델' 이라는 용어가 유명해졌다. 비즈니스 모델이란 '이윤을 얻는 구조' 를 뜻한다.

비즈니스 모델에는 KFS를 도입할 필요가 있다. 즉, 경쟁 우위의 원천과 이윤의 원천을 비즈니스 모델에 도입하면 되는 것이다.

비즈니스 모델은 최근에 등장한 것이 아니다. 예를 들면 일본의 편의점 '세븐일레븐'과 '세실 카탈로그 통신 판매' 등은 소매업의 비즈니스 모델이다.

단기간에 급성장하여 높은 실적을 올리고 있는 기업은 비즈니스 모델이 분명하다. 비즈니스 모델을 분명히 하면 시행착오를 최소한으로 줄이고 효율적인 경영 구성을 획책할 수 있다.

그러나 시간이 지남에 따라 비즈니스 모델은 경쟁 기업과 신규진입 기업 등의 모방으로 차별화가 어려워지고 과당 경쟁이 발생하기 마련이다. 최근 편의점 업계의 실적이 저조한 것은 비즈니스 모델을 모방한 많은 기업들이 진입했기 때문이다.

◆ 비즈니스 모델의 예

일본 의류 업계에서 유명한 비즈니스 모델은 캐주얼 의류 '유니크로'와 신사복 '아오야마 상사(靑川商事)'이다. '유니크로'의 2001년도 경영 이익은 1,000억 엔에 육박하고 있다. 또 '아오야마 상사'는 무부채 경영으로 경영 기반을 반석 위에 올려놓았다.

'유니크로'와 '아오야마'의 비즈니스 모델은 같다. 물가와 자금 수준이 싼 나라에서 천을 조달하여 생산비를 최소한으로 줄이고 낮은 인건비로 봉제하는 것이다.

　제품이 완성되면 일본으로 우송되는데 의복은 가볍기 때문에 우송비도 비교적 저렴하다. 이렇게 생산된 제품은 물가 수준이 높은 일본에서는 저렴한 가격에 팔아도 충분한 채산을 확보할 수 있다. 이것이 '유니크로'와 '아오야마'의 비즈니스 모델이다.

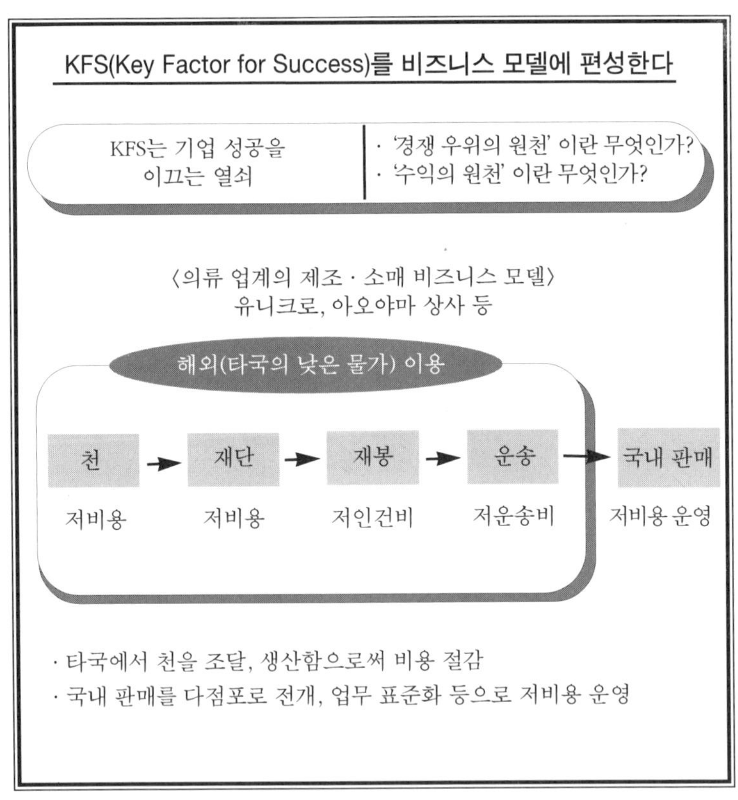

선수필승(先手必勝)은 세계의 법칙이다

비즈니스 모델에 KFS를 도입한다

◆ '남을 끌고 다니되 남에게 끌려 다니지 말라'

성공의 요건 중 하나로 '공격은 최대의 방어' 라는 말이 있다.

일본의 병법을 대성시킨 에도 시대의 야마가 소코우도 '이기려면 공격하라' 고 말했다. 그리고 이때 중요한 것은 선수를 치는 것이라고 한다.

'손자병법' 에는 이런 말이 있다.

"무릇 먼저 싸움터에 나아가서 적을 기다리는 자는 편하고, 나중에 싸움터에 나와서 싸우려고 달려가는 자는 고달프다. 그러므로 전쟁을 잘하는 자는 남을 끌고 다니기는 하지만 남에게 끌려 다니지는 않는다[허실편(虛實篇)]."

적보다 먼저 전장(시장)에 나가서 태세를 정비하고 지리적 이점을 살펴 병사를 배치하면 적보다 여유있게 싸움에 임할 수 있다.

반대로 적보다 늦게 전장에 도착하면 불리한 지형과 병사들의 피로로 괴로운 싸움을 해야만 한다. 따라서 싸움에 능한 사람은 항상 선수(先手)를 쳐서 적의 기선을 제압하는 법이다. 그래야만 아군을 자유롭게 움직이고 적의 움직임에 제약받지 않을 수 있다.

이것이 손자의 명언 '남을 끌고 다니되 남에게 끌려 다니지 말라'가 의미하는 것이다.

선수필승(先手必勝)이라는 말이 있다. 선수를 치느냐 그렇지 못하느냐가 승패의 갈림길인 것이다.

◆ 세키가하라(關ヶ原) 전투의 결정타

일본 천하를 건 싸움을 판가름한 세키가하라 전투에서 이시다 미츠나리(石田三成)의 서군과 도쿠카와 이에야스의 동군은 각각 오오가키(大垣) 성과 아카사카(赤坂)에 포진하여 한 달간 대치하고 있었다.

서군에 참가한 사츠마의 시마즈 요시히로는 이에야스 본군이 아카사카에 도착하기 전에 동군을 쳐야 한다고 판단하여 선수필승을 주장했다. 그러나 이시다 미츠나리는 이 책략을 무시했다. 서군의 내부가 안정되지 않았고 총대장이 된 도요토미 히데요시와 모리 테루모토(毛利輝元)가 오사카 성에서 좀처럼 나오지 않았던 탓이다.

게다가 미츠나리는 오오가키 성의 서쪽에 위치한 세키가하라를 주 결전장으로 정하고 있었다. 그 때문에 서군은 선수필승에 의한 승리를 놓쳤던 것이다.

한편 도쿠카와 이에야스는 아카사카에 포진한 동군과 합류하자마자 '세키가하라를 빠져나가 미츠나리가 있는 사와야마(佐和山)를 공격한 후 즉시 오사카로 향한다' 는 정보를 흘렸다. 이 정보에 당황한 미츠나리는 서군을 세키가하라로 이동시켜서 동군을 기다렸다.

이 시점에서 선수(先手)였던 서군은 후수(後手)가 되었고 후수였던 동군은 선수가 될 수 있었다.

이 예는 후수라 해도 결전 시에 선수로 돌아서면 이길 수 있다는 사실을 알려주고 있다.

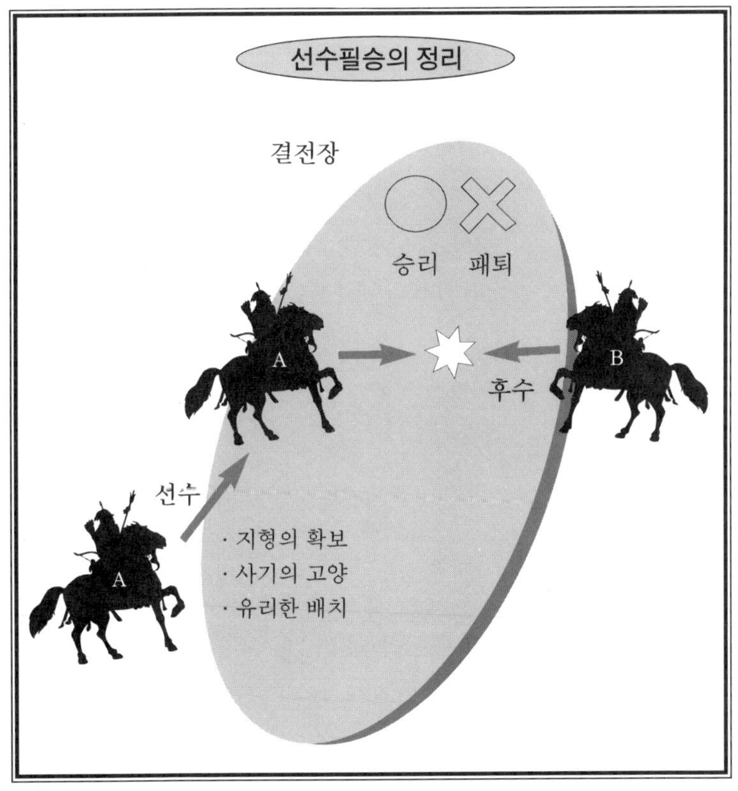

[기본 전략|V] 기본 방침

기본 방침이란 공격과 수비, 그리고 경영 자원 배분을 분명히 하는 것

◆ 성장 전략을 분명히 한다

기업은 성장 전략을 전제로 하고 있다. 그러하기 위해서는 성장 분야에 자원을 집중하고 쇠퇴 분야로부터 철수해야 한다. 또 과도한 경쟁 격화를 피하고 타사와의 업무 제휴에도 눈을 돌려야 한다.

장래성있는 성장 분야에는 경영 자원을 집중시켜 공격적인 경영을 해야 한다. 또 기존 사업의 시장 점유율 확대, 신제품 개발, 새로운 시장 개척 등 성장 분야를 발견하여 사업 확대를 꾀할 필요가 있다.

어떤 사업을 중점 분야로 삼을 것인가, 또 신제품이나 새로운 시장의 중점 분야를 어디로 둘 것이냐를 분명히 함으로써 기업이 나아갈 방향을 확실하게 정할 수 있다.

◆ 경쟁 회피의 전략을 분명히 한다

경쟁 기업과 싸우는 것만이 전략은 아니다. 필요 이상으로 싸우면 서로가 전력을 소모하게 된다. 경쟁 기업 간에 힘을 합쳐서 공동 전선을 펼치는 것도 하나의 전략이다.

최근 경쟁 기업 간의 얼라이언스(Alliance : 업무 제휴) 사례가 증가하고 있다. 예를 들면 히타치 제작소(日立製作所)와 토시바(東芝)가 첨단 기술 연구 개발을 제휴하는 등 이전에는 생각할 수 없었던 경쟁 기업 간의 업무 제휴가 진행되고 있다.

또 최근 자본 출자에 의한 자본 제휴와 기업의 M&A가 증가하고 있다. 이것은 경쟁 회피의 전략이며 일본의 마이너스 경제 성장을 반영하여 앞으로 더욱 증가할 경향이다.

◆ 자원 집중을 분명히 한다

한정된 경영 자원으로 투자 효율을 높이기 위해서는 선택과 집중이 필요하다는 것은 주지의 사실이다.

중장기적으로 투자 효율이 낮은 분야와 만성적인 적자 사업은 빨리 구조 조정을 하지 않으면 안 된다.

구조 조정은 크게 세 가지로 분류된다. 사업에서 철수하거나 축소하는 사업의 구조 조정, 유가증권이나 고정자산을 매각하여 부채를 상환하는 자산의 구조 조정, 사원 해고를 포함한 인적 자원의 구조 조정이다.

◆ 조직과 매니지먼트(Management)력을 강화한다

경영 전략을 착실하게 실행하기 위해서는 조직력과 매니지먼트력의 강화가 필요하다. 최근 대기업을 중심으로 조직 개혁이 진행되고 있는 추세다. 컴퍼니 제도(Company System : 사내 분사화 제도)를 비롯하여 기업가 정신을 육성하는 사내 벤처의 촉진과 사원들에게 일부 사업부나 계열사를 인수하게 하는 MBO(Management Buy Out) 등이 진행되고 있다.

<table>
<tr><td colspan="2" align="center">선택과 집중으로 성장 전략을 분명히 한다</td></tr>
<tr><td align="center">성장 전략</td><td align="center">경쟁 회피의 전략</td></tr>
<tr><td>· 기존 사업의 시장 점유율 확대
· 신제품의 개발
· 신시장의 개척
· 사업 다각화 추진</td><td>· 업무 제휴(Alliance)
· 출자에 의한 자본 제휴
· M&A(합병 · 인수)</td></tr>
<tr><td>· 경영 효율의 향상
· 성장 사업에 자원 집중
· 구조 조정
　사업의 구조 조정
　인재의 구조 조정
　자산의 구조 조정</td><td>· 조직 개혁의 추진
　컴퍼니 제도
　집행 간부 제도
　가벼운 본사 만들기
· 기업가 정신의 육성
　사내 벤처의 촉진
　MBO(Management Buy Out)</td></tr>
<tr><td align="center">경영 자원의 집중</td><td align="center">조직력과 매니지먼트력을 강화</td></tr>
</table>

'공격' 과 '수비' 의 원칙

기본 방침이란 공격과 수비, 그리고 경영 자원 배분을 분명히 하는 것

◆ 공격과 수비를 연동시켜라!

아무리 철통 같은 수비를 자랑한다 해도 역사상 그것만으로 승리한 예는 없다. 그렇다고 수비를 소홀히 하여 앞뒤를 생각하지 않고 공격에 나섰다가 승리한 경우도 얼마 없다.

'공격' 과 '수비' 는 반드시 연동하는 것이라고 생각해야 한다.

"이길 수 없는 자는 지키고, 이길 수 있는 자는 공격한다[군형편(軍形編)]."

이길 가능성이 없을 때에는 수비에 치중해야 한다. 반대로 이길 수 있다고 판단되면 즉시 공격에 나서야 한다.

'공격' 과 '수비' 는 항상 일체이며 연동하는 것이다. 결코 분리해서 생각해서는 안 되는 것이다.

그럼 수비와 공격을 어떻게 전환하는가?

"잘 지키는 자는 구지(九地) 아래 숨고, 공격을 잘하는 자는 구천

(九天) 위에서 움직인다[군형편軍形編)]."

'구지(九地)'란 땅속의 가장 깊은 곳을 가리키며 '구천(九天)'
이란 천공의 가장 높은 곳을 의미한다.

싸움에 능한 자는 수비를 해야 할 때 땅속 깊은 곳에 숨듯 병
력을 숨기고 강력한 방어 태세를 구축한 후 적의 공격을 맞받아
치는 법이다. 그리고 적이 주춤하고 승리할 수 있다는 확신이 서
면 곧 공격하여 적에게 수비할 틈을 주지 않는다는 뜻이다.

◆ 도쿠카와 이에야스의 뛰어난 공수(攻守) 전략

도쿠카와 이에야스는 부하였던 이마카와 요시모토(今川義元)
가 오케하자마의 전투에서 쓰러지자 곧 미카와(三河)의 독립을
위해 움직였다.

이마카와 요시모토를 쓰러뜨리고 사기가 높아진 오다 노부나
가에 대해서는 수비를 철저히 하고 침입을 배제하는 태세를 취
했다. 그리고 노부나가가 공격해 오면 응전하여 미카와로 침입
하는 것을 막았다.

한편 이에야스는 이마카와 가문이 미카와에 개입하는 것을 막
고 독립을 꾀했다. 이에야스의 수비와 공격을 본 노부나가는 이
에야스와 싸우는 것이 불리하다는 것을 깨닫고 결국 동맹을 제
안했다. 이에야스와 손을 잡음으로써 배후의 위협이 사라진 노
부나가는 미노(美濃)의 사이토 가문과 대결하는 데 총력을 기울
일 수 있었다.

한편 이에야스도 노부나가의 위협에서 벗어나 이마카와 가문의 공격을 막는 데 전력을 기울일 수 있었고 덕분에 미카와의 지배를 확립할 수 있었다.

'공격'과 '수비'를 적절하게 이용하고 때로는 동맹을 맺으며 이익을 확대시켜 나가는 것, 이것이 '공격'과 '수비'의 철칙이다.

기능별 전략

◆ 여러 가지 기능별 전략

기능별 전략이란 기본 전략을 기능별로 구체화시킨 전략을 말한다. 기본 전략은 상품 전략, 영업 전략, 정보 전략, 구매 전략, 유통과 재고 전략, 생산 전략, 가격 전략, 기술 전략, 재무 전략, 조직 전략, 자회사 · M&A 전략, 해외 전략 이 11가지로 분류된다.

이들 기능별 전략을 전부 망라하면 오히려 우선 순위가 애매해지므로 몇 가지를 선택하여 전략을 분명히 해야 한다. 예를 들어 메이커에서는 상품 전략을 중핵으로 영업 전략, 구매 전략, 생산 전략, 기술 전략 등의 우선 순위를 높이는 것이 좋다.

◆ 상품 전략과 기술 전략

상품 전략은 중장기적 시점으로 신상품 계획과 상품의 라인업 등을 분명히 하는 것이다. 상품 전략은 영업 전략이나 생산 전략 등의 기능별 전략과 깊게 관련되어 있기 때문에 기능별 전략 중 최초로 책정하는 경우가 많다.

기술 전략이란 상품 전략을 실현하기 위해 필요한 기술 개발을 중장기적 시점으로 분명히 하는 것이다. 요즘은 사실상 표준(De Facto Standard)의 획득 경쟁이 기업의 성패를 가른다고 일컬어지고 있다. 또한 특허 전략도 기술 전략에 포함하여 생각하면 된다.

◆ 영업 전략과 정보 전략

영업 전략이란 마케팅(Marketing)을 뜻하며 판매 경로의 강화와 타깃 시장의 명확화 등 제품을 팔 수 있는 구조를 만드는 것이다. 영업 부문은 기업의 수입을 지탱하는 것이기 때문에 기능별 전략 중에서도 가장 중요하다.

정보 전략에는 사외(社外) 전략과 사내(社內) 전략이 있다. 사외 정보 전략 중에서는 브랜드 전략, 정보 발신, 고객이나 주주에 대한 기업 정보 공개 등의 필요성이 높아지고 있다. 사내 정보 전략으로는 정보 시스템화 전략 등을 들 수 있다.

◆ 그 밖의 기능별 전략

재무 전략, 조직 전략, 자회사 전략 등 사업 기반을 강화하는 기능별 전략을 총칭 '기반 전략' 이라고 부른다.

　최근 재무 전략에서 중요한 것은 국제 회계 기준이 요구하는 연결 회계와 캐시 플로(Cash Flow : 현금 흐름) 회계 등에 대한 대응이다. 또 채권 시장으로부터의 효율적 자금 조달, 대합주식의 방출, 부채의 조기 압축 등이 필요하다.

　기본 전략을 구체적으로 세분화하는 과정에서 기능별 전략을 분명히 함으로써 연도 실행 계획을 착실하게 연결할 수 있다.

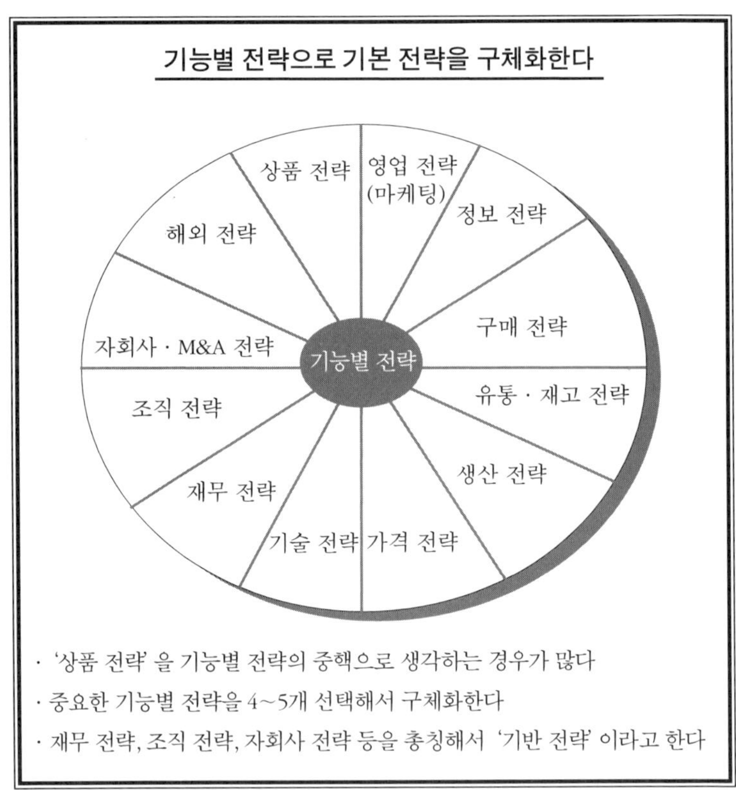

전쟁에는 일정한 태세가 없고
물에는 일정한 형태가 없다

기능별 전략으로 기본 전략을 더욱 구체화한다

◆ '실(實)을 피하고 허(虛)를 친다'

싸움의 태세는 물과 같아야 한다. 물은 높은 곳에서 낮은 곳으로 흐른다. 이것이 자연의 형태이다.

그러나 물을 낮은 곳에서 높은 곳으로 흐르게 하면 어떻게 될까?

그것은 부자연스러운 형태인만큼 막대한 노력을 소모하게 된다.

싸움을 할 때에도 물의 흐름과 마찬가지로 적의 병력이 충실한 곳을 피해 소홀한 곳을 공격해야 한다.

"전쟁의 형태는 실(實)을 피하고 허(虛)를 공격한다[허실편(虛實編)]."

여기서 '실' 이란 요충지를 뜻하며 '허' 는 변방을 가리킨다.

요충지는 적의 가장 중요한 포인트이며 승부를 판가름하는 곳

이다. 그 때문에 항상 견고하게 수비되고 있는 법이다. 일격으로
승부를 결정지으려면 적의 요충지를 공격해야 하지만 그만큼 저
항이 격렬하기 때문에 패배할 가능성도 있다.

한편 변방은 수비가 허술하지만 그곳을 공격해 봤자 전쟁의
승부가 결정되지는 않는다. 그러나 변방을 공격함으로써 싸움을
우세하게 전개할 수는 있다. '전쟁에는 일정한 태세가 없고 물에
도 일정한 형태가 없다[허실편(虛實編)]'라는 손자의 말처럼 싸움
에는 고정된 태세와 형태가 없다. 물이 그릇에 따라 그 형태를
자유자재로 바꾸듯 싸움도 상황에 따라 항상 변화하는 법이다.

그 때문에 허와 실, 즉 요충지와 변방도 항상 변화하므로 고정
해서 생각할 수는 없다.

◆ '최고의 선은 물과 같다'

물은 그릇에 따라 자유자재로 형태를 바꾼다. 손자는 전쟁의
태세도 물과 같은 것이라고 말했다.

"무릇 전쟁의 형태는 물과 같다[허실편(虛實編)]."

또 중국의 노자도 '최고의 선(善)은 물과도 같음이다'라고 말
했다.

병법도, 인생도 사물을 고정해서 생각하지 않고 물처럼 생각
하는 것이 가장 뛰어나다는 뜻이다.

물은 상황에 따라 변화하며 만물을 키운다.

그 힘은 요란하게 눈에 띄지는 않지만 만물의 근원을 지탱하

는 것이다.

"적의 태세에 응하여 변화시켜야만이 '절묘한 용법'이라 일컬을
수 있다[허실편(虛實編)]."

도요토미 히데요시의 군사로 이름 높은 쿠로다 요시타카(黑田
孝高)는 여수(如水 : 물과 같다)라는 호로 불리었다. 쿠로다는 상황
에 따라 다양한 전술을 펼쳐서 히데요시를 천하인으로 만든 인
물이다.

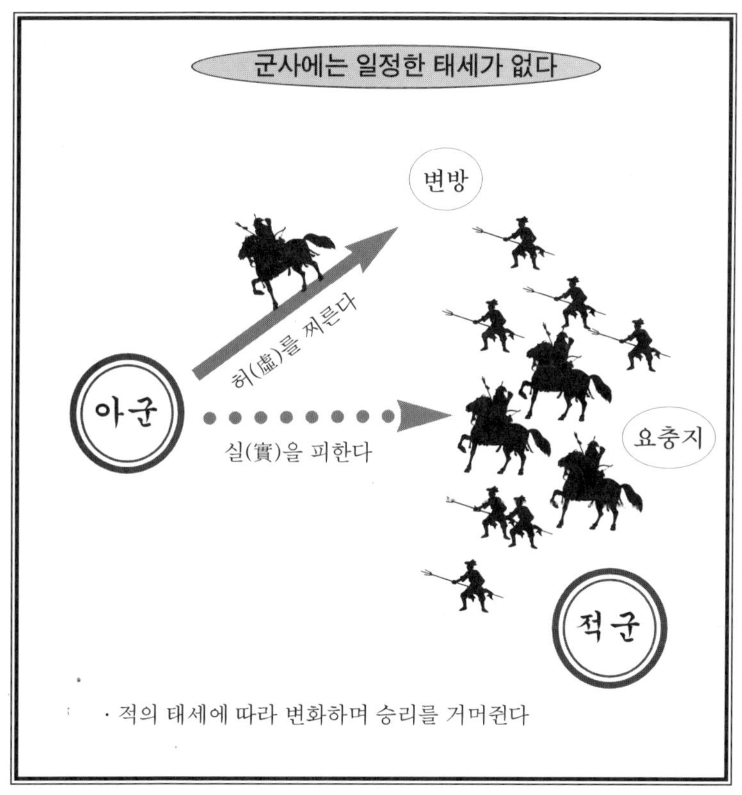

중기 경영 전략의 체계

기업 전체의 전사(全社) 전략 외에도 사업별로 사업 전략을 책정한다

◆ 중기(中期) 경영 전략의 체계

많은 기업에는 복수의 사업부가 존재한다. 따라서 기업의 중기 경영 전략은 '전사(全社) 전략'과 '사업 전략'으로 단계적으로 세분화한다.

또 전사 전략과 사업 전략은 3~5년 앞까지 내다보고 책정하는 것이 보통이다.

전사 전략을 책정할 때에는 전사 공통의 전략을 분명히 하고 경영 이념인 책무와 비전을 확인해야 한다. 그리고 기본 전략으로써 도메인, KFS, 코어 컨피던스, 기본 방침을 명확화하고 필요에 따라 회사와 관련된 기능별 전략을 분명히 해야 한다.

사업 전략을 책정할 때에는 전사 전략을 더욱 구체화하기 위해 사업부마다 기본 전략과 기능별 전략을 분명히 해야 한다.

◆ 계수(計數) 계획

전사 전략과 사업 전략을 책정할 때에는 '계수 계획'이라 불리는 매상·수익 계획에 맞춰 명확화해야 할 필요가 있다. 매상·수익의 달성은 경영 전략의 성패를 판단하는 중요한 평가 지표이다. 보통 제일 먼저 회사의 매상·수익 계획을 세운 후 사업부에 매상·수익 계획이 전달되게 된다.

사업부는 실현 가능성을 고려하며 기업 전체와 사업 부문 간을 조정하게 된다.

◆ 연도 실행 계획

사업 전략이 분명해지면 사업부마다 다음 분기의 계획을 구체적인 실행 계획으로 세분화해야 한다. 연도 실행 계획에서는 매상·수익 계획을 월간 단위로 세분화한다.

그러나 매상·수익 계획을 끝으로 연도 실행 계획을 종료해 버리는 기업이 많다. 목표치를 수치로 명확화하는 것은 꼭 필요한 일이지만 그것만으로는 불충분하다. 그 수치를 어떻게 달성할 것인가에 대한 구체적인 시책(중점 시책)도 함께 명확화할 필요가 있다.

◆ 중점 시책의 명확화

중점 시책이란 기능별 전략을 구체화하기 위해서 무엇을, 언제 실행해야 하는지 그 과제를 설정하는 일이다.

예를 들어 자동차 메이커의 경우 무공해 엔진인 연료 전지차의 개발은 중점 시책에 해당된다. 또 대폭적인 비용 절감을 위해서는 공장의 통폐합이나 구조 조정도 중점 시책에 집어넣을 필요가 있다.

중점 시책은 경영 전략의 실행을 가속시키는 것으로써, 연도 계획으로 짜 나가는 것이 효과적이다.

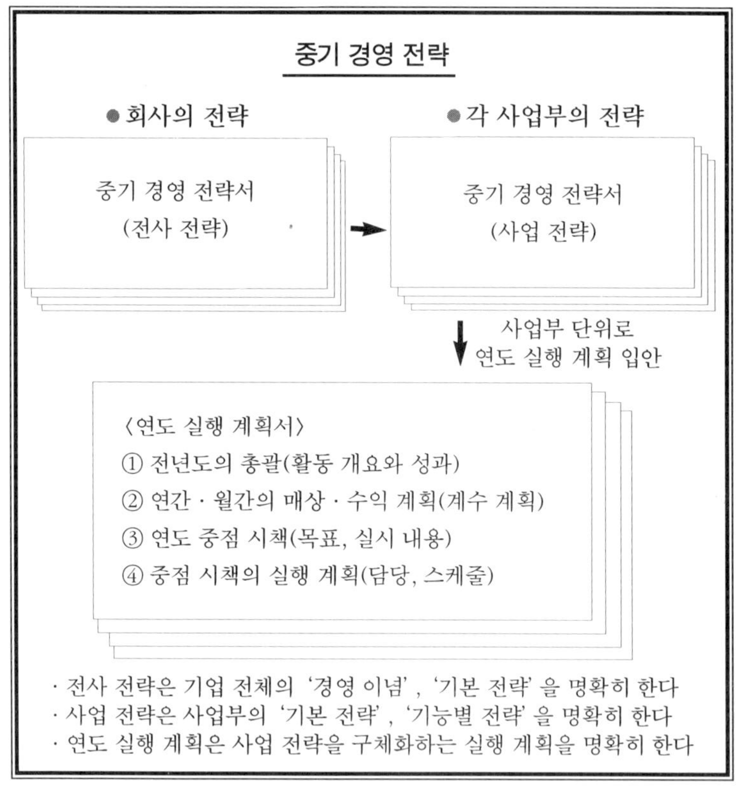

싸우지 않고 이기는 목표 설정

기업 전체의 전사(全社) 전략 외에도 사업별로 사업 전략을 책정한다

◆ 백전백승은 진정한 승리인가?

조직에 있어서 전략적인 목표를 설정하는 것은 중요한 일이다. 그래야만 조직의 방향성을 검증하고 조직이 나아갈 방향을 확인하며 획득해야 할 목적과 대상, 가치를 분명히 할 수 있기 때문이다.

손자는 전략적인 목표를 다섯 가지로 분류하고 그 가치를 둘로 나눠서 평가했다.

① 적국과 싸우지 않고 손실없이 항복시킨다(상책)

→ 적국과 싸워서 항복시킨다(차선책)

② 적의 군단을 손실없이 항복시킨다(상책)

→ 적의 군단과 싸워서 항복시킨다(차선책)

③ 적의 여단을 손실없이 항복시킨다(상책)

→ 적의 여단과 싸워서 항복시킨다(차선책)

④ 적의 부대를 손실없이 항복시킨다(상책)

→ 적의 부대와 싸워서 이긴다(차선책)

⑤ 적의 소대를 손실없이 항복시킨다(상책)

→ 적의 소대와 싸워서 이긴다(차선책)

가장 좋은 방법은 싸우지 않고 적을 굴복시키는 것이다.

싸우지 않고 이긴다.

이것이 '손자병법'의 근본 전략 정신이다.

다음과 같은 명언이 있다.

"백 번을 싸워 백 번 다 이기는 것이 최선의 방법은 아니요, 싸우지 않고 적군을 굴복시키는 것이 최선의 방법이다[모공편(謀攻篇)]."

◆ 완전한 승리를 추구하라!

이 기본 전략을 명시해 두면 무턱대고 싸워서 전력을 소모하지 않고 적을 항복시킬 수 있으며 적의 힘을 이용하여 비약의 발판으로 삼을 수 있다.

이 기본 전략은 경영 전략의 전제이기도 하다.

물론 언제든지 싸울 수 있는 태세를 갖추는 것도 중요하다. 그러나 싸우는 것을 목적으로 삼아서는 안 된다. 자사의 전력을 손실하지 않고 수익을 얻을 수 있는 방법을 강구하는 것이 경영 전략의 근본인 것이다.

"전쟁을 잘하는 자는 적을 굴복시키되 전투로써 굴복시키지 않는다[모공편(謀攻篇)]."

아군의 전력을 손실하지 않고 승리를 손에 넣는 것을 완전한 승리라고 한다. 그러하기 위해서는 어떻게 하면 좋을까?

3장에서는 완전한 승리를 위한 '모공(謀攻)의 법', 즉 책모(策謀)로 승리하는 법에 대해 이야기하도록 하겠다.

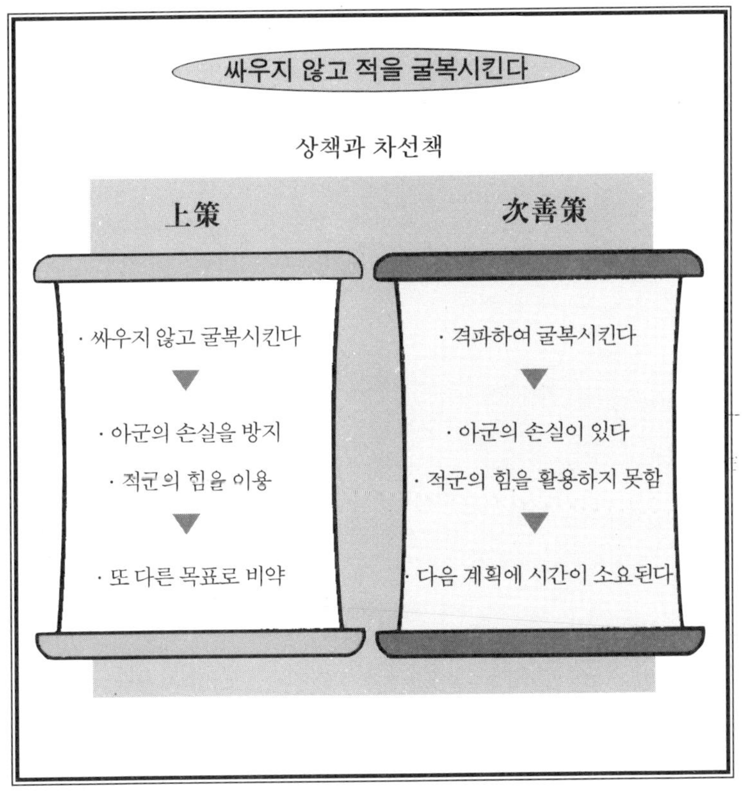

3장

경쟁 우위의 전략

M · E · 포터의 다섯 가지 경쟁 요인

동업종 간의 경쟁만이 아닌 다섯 가지 경쟁 요인을 이해해야 한다

◆ 신규 진입의 위협

M · E · 포터(M · E · Potter)는 경쟁 요인을 '신규 진입의 위협', '대체 제품과 대체 서비스의 위협', '고객의 교섭력', '공급업자의 지배력', '기존 경쟁 기업 간의 적대 관계' 이 다섯 가지로 규정하고 있다.

신규 진입 기업은 많은 핸디캡을 안고 있지만 기존 기업이라해도 안심해서는 안 된다.

신규 진입의 위협으로는 '규모의 경제성', '제품의 차별화', '필요 자본액', '전환 코스트', '유통 경로 확보', '규모 이외에 기인하는 비용 면의 불리함', '정부의 정책' 이 일곱 가지 요인을 들 수 있다.

이런 요소들은 신규 기업의 진입 장벽이 되므로 의식적으로 진입 장벽을 높이는 연구가 필요하다.

◆ 대체 제품과 대체 서비스의 위협

고객이 기존 제품의 기능을 다른 제품이나 서비스로 대체할 수 있는 경우 대체 제품은 기존 제품의 위협이 된다.

수지성 레코드판의 대체 기능으로 등장한 CD(컴팩트 디스크)는 음질도 조작성도 뛰어난 대체 제품이었던 탓에 레코드판 시장은 빠르게 CD로 대체되었다.

◆ 고객의 교섭력

'대량으로 구입한다', '규격품이나 범용품을 구입한다', '전환에 비용이 들지 않는다' 이 세 가지 경우 고객이 우위를 점하게 된다.

제품을 대량으로 구입하거나 범용품 등의 선택 폭이 넓은 경우 고객이 우위를 점하게 되며 가격 교섭력 등도 강해진다.

◆ 공급업자의 지배력

공급업자에게도 고객과 마찬가지로 교섭력이 있다. '공급자 측의 단결력이 강한 경우', '경쟁하는 제품이 적은 경우', '고객에게 꼭 필요한 제품을 공급하고 있는 경우', '대체 제품으로 바꿀 때 비용이 필요한 경우' 이다.

즉, 제품이 차별화되어 있으면 공급업자는 우위를 점할 수 있다. 우위를 점하면 시장 지배력이 높아지고 자사에 유리한 시장을 확립할 수 있다.

◆ 기존 경쟁 기업 간의 적대 관계

　기존 경쟁 기업 간의 적대 관계로 인해 경쟁은 치열해지게 된다. 가전제품 업계에서는 많은 기업이 고가의 생산 설비를 도입하여 제품을 만들고 있다. 그 때문에 기업은 완성된 제품을 판매하여 빨리 자금을 회수하려고 한다. 결국 업계의 경쟁이 치열해지고 결국 가격 경쟁으로 발전하게 된다.

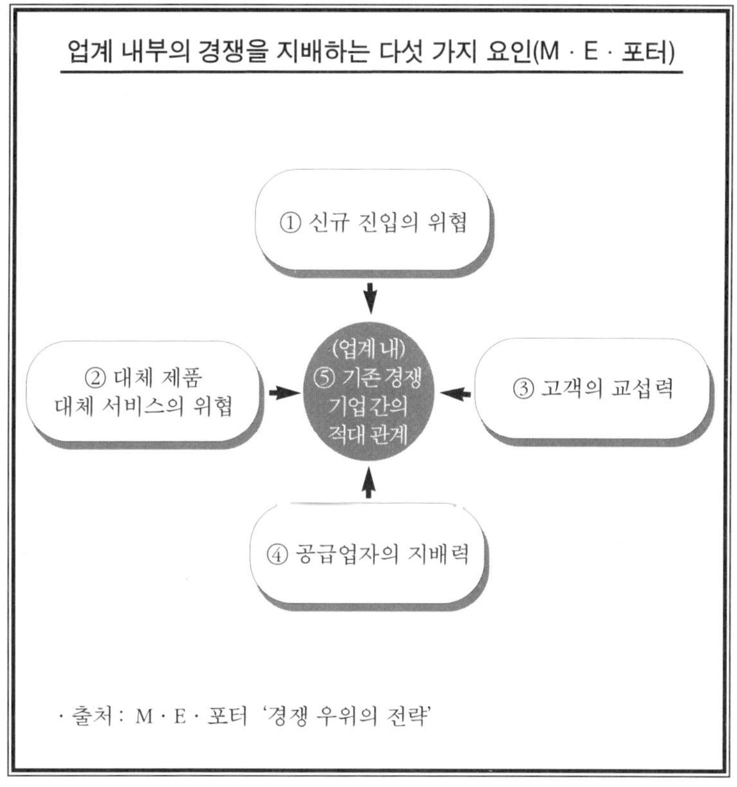

경쟁을 극복하는 전략 순위

동업종 간의 경쟁만이 아닌 다섯 가지 경쟁 요인을 이해해야 한다

◆ 최상의 방법은 외교적인 교섭으로 상대의 뜻을 꺾는 것

경쟁에 이기는 최상의 방법은 적의 의도를 사전에 간파하여 미연에 움직임을 봉쇄하는 것이다.

손자는 이것을 최고의 전략으로 꼽고 있다.

"최상의 방법은 외교적인 교섭으로 상대의 뜻을 꺾는 것[모공편(謀攻篇)]."

또 '손자병법'에는 이런 말도 있다.

"또한 상대의 동맹 관계를 분산시켜 고립시키는 일이다. 희생이 요구되는 성곽의 공격 따위는 최하의 방법에 지나지 않는다[모공편(謀攻篇)]."

적에게 이기기 위한 책략에는 다음 네 가지가 있다.

① 적의 책략을 사전에 간파하여 적절한 책모(策謀)로 그 의도를 타파한다. 그러하기 위해서는 정보의 수집과 분석이 중요하다. 정

보를 잘못 수집하여 분석하면 적절한 책략을 세울 수 없을 뿐 아니라 오히려 적의 정보에 놀아나 아군에 피해를 줄 우려가 있다.

② 적과 동맹을 맺은 나라를 책모(策謀)로 고립시킨다. 또 적의 주력 부대와 지원 부대를 분열하게 만들어 고립시킨다.

③ 적과 결전을 치른다.

④ 손자는 성을 함락시키는 것을 가장 좋지 않은 방법으로 들고 있다. 성을 공격하는 것은 어쩔 수 없을 때 취하는 최후의 수단이며 될 수 있는 대로 피하는 것이 좋다고 했다. 성을 공격하려면 준비하는 데 최소한 3개월 이상이 걸리며 더욱이 성벽을 무너뜨리기 위해서는 3개월간의 작업이 필요하기 때문이다.

성을 함락시키는 것은 시간과 자금의 막대한 손실을 불러온다. 게다가 성급하게 공을 세우려는 장군이 있어 태세가 정비되기도 전에 돌입할 것을 명령한다면 쉽게 병력을 잃게 되고 성을 함락하는 것이 어려워진다.

손자는 힘으로 공격하는 것만이 능사가 아니며 지혜와 책모로써 승리하는 것이야말로 최고의 전법이라고 주장했다.

◆ 무모한 싸움을 피하라

오다 노부나가의 명령으로 중국 지방을 정벌하러 나섰을 때 도요토미 히데요시는 싸우지 않고 이길 것을 다짐했다. 히데요시는 외교와 책모를 이용하여 차례차례 적을 아군으로 끌어들이거나 항복시켰다. 또 책략이 실패하여 성을 공격하게 되었을 때도 무턱대고 성을 함락하려 들지 않았다. 미키(三木) 성이나 토토리(島取) 성을 공격할 때에는 식량 보급로를 끊어서 적을 함락시켰고 다카마츠(高松) 성에서는 물로 공격하여 적의 힘을 무용지물로 만들었다.

무모한 싸움은 아군의 손실을 불러온다. 그것을 피하려면 될 수 있는 대로 싸우지 않고 정치적인 전략으로 적을 항복시켜야 한다.

히데요시가 노부나가가 죽은 후 단기간에 천하를 제압할 수 있었던 비결은 바로 여기에 있다.

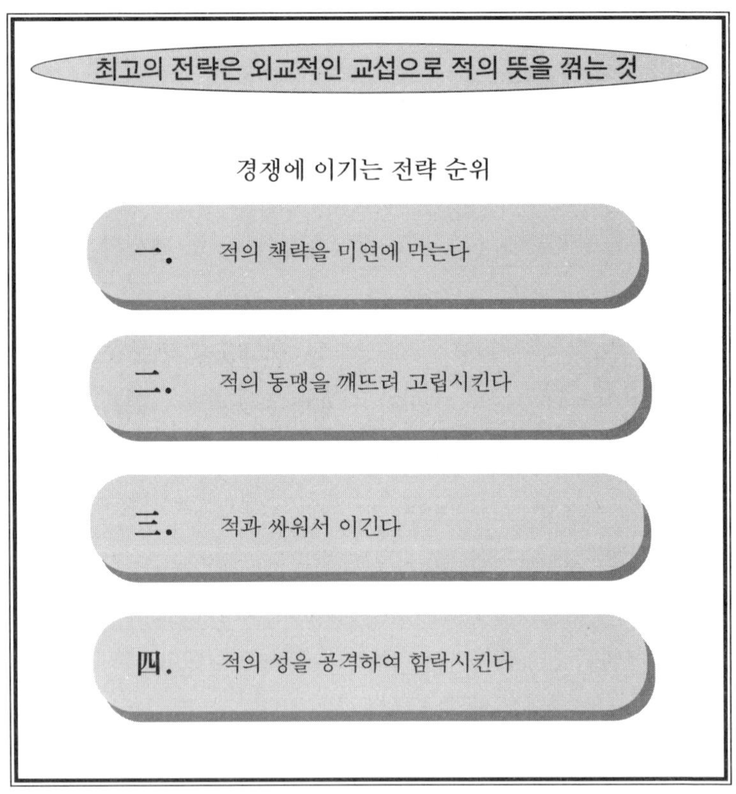

M · E · 포터의 기본 전략

코스트 리더십 전략, 차별화 전략, 집중 전략

◆ 경쟁의 기본 전략

M · E · 포터가 주장한 '경쟁의 기본 전략' 의 중심 개념은 '코스트 리더십 전략', '차별화 전략', '집중 전략' 이 세 가지이다. 포터는 이 세 가지 기본 전략 중 하나를 선택하여 경영 자원을 집중해야 한다고 주장하고 있다.

◆ 코스트 리더십 전략

코스트 리더십(Cost Leadership) 전략이란 타사를 제압하는 코스트 다운(비용 절감)을 실현하는 것이다. 코스트 다운에서 업계의 넘버원이 될 수 있다면 가격 인하 경쟁을 해도 수익을 얻을 수 있다.

일본의 '유니크로' 와 '맥도날드' 는 코스트 리더십 전략을 채용하고 있다.

업계 넘버원의 코스트 다운을 달성하면 가격 경쟁을 해도 수익을 얻을 수 있는 것이다.

◆ 차별화 전략

차별화 전략이란 제품이나 서비스를 타사와 철저하게 차별화하여 고객에게 매력적인 기업이라는 인식을 심어주는 것이다.

차별화에 성공하면 높은 가격을 유지할 수 있다. 비싸도 팔리는 전략, 즉 고객 로열티를 높이는 전략인 것이다.

샤넬이나 구찌 등의 브랜드 메이커는 이 전략을 채용하고 있다. 또 햄버거 업계에서는 '모스 버거'가 차별화 전략을 채용하고 있다.

차별화 전략의 유의점은 가능한 한 가격 경쟁을 피하는 것이다. 모스 버거의 경우 높은 가격 설정에도 불구하고 독자적인 맛으로 승부하여 업계 2위를 유지하고 있다.

◆ 집중 전략

집중 전략이란 특정 고객이나 상품에 한하여 철저한 코스트 다운(코스트 집중)과 차별화(차별화 집중)를 꾀하는 전략이다.

코스트 집중이란 특정 고객이나 상품에 대해 철저하게 비용 절감을 꾀하는 전략을 가리킨다. 예를 들어 비행기의 이코노믹 클래스는 철저한 비용 절감을 감행하여 고객에게 싼 가격으로 항공권을 제공하고 있다.

　　차별화 집중이란 특정 고객이나 상품을 철저하게 차별화하여 고객 로열티를 높이는 전략이다. 비행기의 퍼스트 클래스는 서비스의 질을 철저하게 높여서 고객에게 비싸도 사고 싶다는 마음이 드는 항공권을 제공하고 있다. 즉, 집중 전략이란 각 고객층에 맞춰 상품이나 서비스를 제공하는 전략이라 할 수 있다.

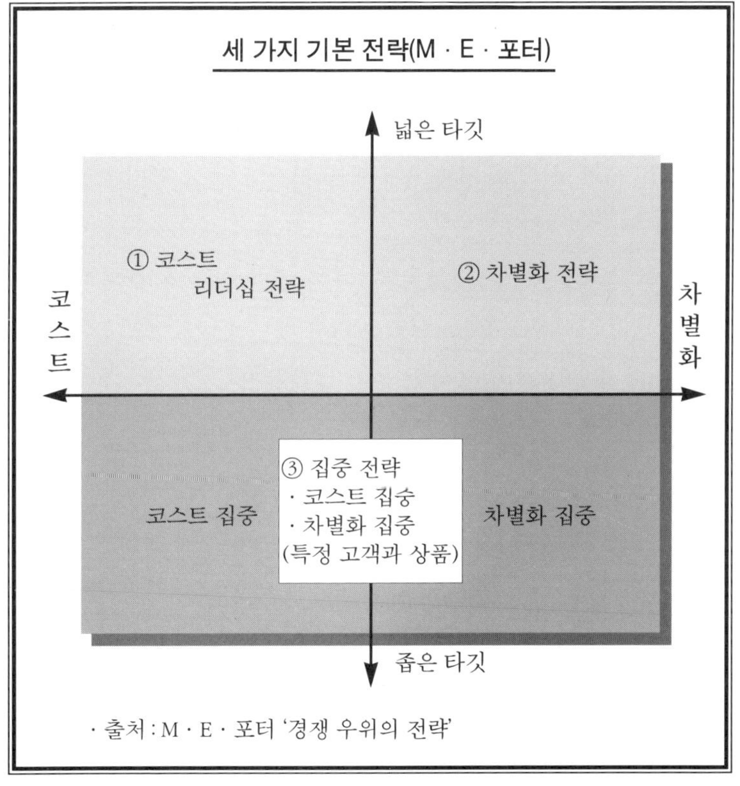

병력 차이에 의한 싸움의 원칙

코스트 리더십 전략, 차별화 전략, 집중 전략

◆ 우세와 열세의 여섯 가지 전략

손자는 다음 여섯 가지를 싸움의 원칙으로 들고 있다[모공편(謀攻篇)].

이 원칙은 아군과 적군의 병력 차에 따라 다음과 같이 나누어진다.

① 10배의 병력이 있다면 완전히 포위한다 → 압승 전략

② 5배의 병력이 있다면 공격한다 → 우세 전략

③ 2배의 병력이 있다면 분석한다 → 분석 전략

④ 대등한 병력이 있다면 응전한다 → 사력 전략

⑤ 열세의 병력이 있다면 퇴각한다 → 퇴각 전략

⑥ 승산이 없으면 싸우지 않는다 → 회피 전략

이 원칙을 무시하고 고지식하게 강력한 적에게 대항해 봤자

적의 먹이가 될 뿐이다.

손자는 다음과 같은 명언을 남겼다.

"소수의 병력으로 무리하게 싸우면 강대한 적의 포로가 될 따름이다[모공편(謀攻篇)]."

경쟁 우위의 전략을 생각해 봐도 경영 자원이 압도적으로 우위일 경우 경쟁 기업의 주변부터 압력을 가하면 이길 수 있다. 그러나 5배의 우위라면 적극적으로 시장 점유를 노려 활동하지 않으면 안 된다. 두 배의 규모라면 상대의 힘을 분석하여 철저한 차별화를 꾀해야 한다. 그리고 동등한 힘을 지닌 상대와는 전력을 집중시켜 사투를 벌여야 한다.

힘이 약한 탓에 시장을 다투는 것이 불리할 경우에는 직접적인 대결을 피하고 차별화를 꾀하여 힘을 유지해야 한다. 그리고 승산이 없을 때에는 싸움을 회피하고 다음 기회를 기다려야 한다.

◆ 대등한 병력일 경우의 전략이란?

대등한 힘을 갖고 있을 때에는 사력을 다해 싸워야 한다. 그러나 이 방법은 그 외에는 이길 방책이 없을 경우에만 사용해야 하는 것이다. 대등한 힘을 갖고 있음에도 불구하고 싸움을 회피하면 단숨에 구심력이 약해지게 된다.

세키가하라의 전투에서 동군(도쿠카와 이에야스 군)과 서군(이시다 미츠나리 군)의 전력은 호각이었다. 그러나 총병력이 6만 5천가량인 서군에선 방관이나 중립을 취하는 병력이 3만가량이나 있었기 때문에 서군의 주력은 3만 5천으로 감소했다. 그런 상황에서 싸운 서군은 결국 패배했다. 서군은 싸우기 전에 방관하거나 중립에 서 있는 3만 병력의 동향을 파악하지 못했던 탓에 완패했던 것이다.

동군은 분열하지 않고 하나가 되어 싸운 덕분에 압승할 수 있었다.

호각의 싸움에서는 싸우기 전의 모략전이 가장 중요한 요소를 차지한다. 그야말로 '분단의 전략' 이 필요한 것이다.

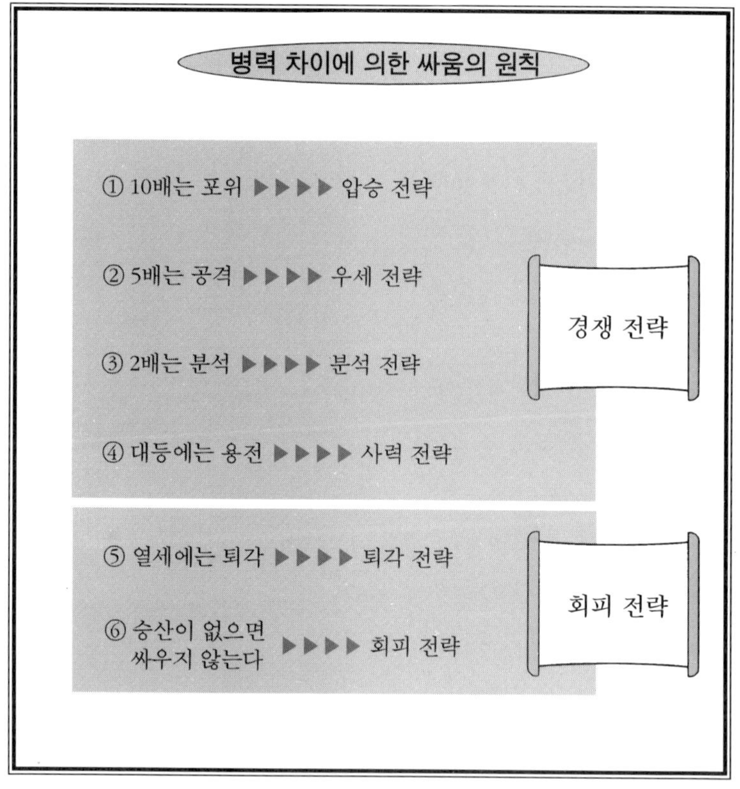

순위의 전략(란체스터 전략)

자사가 업계에서 차지하고 있는 순위에 따라 경쟁에 이기기 위한 전략이 달라진다

◆ 순위가 미치는 영향

'규모의 경제'의 룰에 의해 좌우되는 기업 간의 경쟁에 있어서 약자인 후발 기업은 항상 큰 핸드캡을 안고 있다. 수익력을 결정하는 중요한 요인은 시장 점유율(share)이며 시장 점유율이 확대되면 수익률은 대폭 개선되는 경우가 많다.

◆ 제1위의 기본 전략

제1위 기업은 시장 전체의 안정화를 꾀해야 한다. 가격, 점유율, 기술, 판매 등의 면에서 업계 전체를 경쟁 시장으로 만들지 말고 자사 중심으로 시장을 안정시키는 것이 기본이다.

◆ 제2위의 기본 전략

제2위 기업은 될 수 있는 대로 제1위와 휴전 태세를 취하며 시장의 변화를 예측하여 신 분야에서 넘버원을 차지한 후 타이밍을 노려 제1위에 도전해야 한다.

제2위 기업의 전략은 제1위에 대한 차별화 경쟁이 전제이다. 제1위의 흉내를 내어봤자 이길 수 없다는 것을 명심해 둘 필요가 있다.

◆ 제3위의 기본 전략

제3위 기업은 제1위와 동맹을 맺어 제2위를 적대시하고 도전해야 한다. 또 한편으로는 제5위 이하를 그룹화하여 공동 전선을 펼치는 것이 좋다.

그리고 가격 경쟁 등을 부추겨서 시장을 불안정한 경쟁 시장으로 만들어 점유율 확대의 기회를 살펴야 한다. 이런 전략으로 최종적으로는 제1위를 노리는 것이다.

◆ 제4위의 기본 전략

제4위 기업은 제5위 이하를 그룹화하고 약자의 결집 조건을 만들어서 약자의 그룹화에 의해 제1위와 대등한 힘으로 끌어올려야 한다. 기본적으로는 제1위와 협조하여 시장 안정화에 노력하는 것이 좋다.

◆ 제5위 이하의 기본 전략

제5위 이하의 기업은 상위 메이커로부터 적대시당하지 않도록 시장의 안정화를 꾀하는 노력이 필요하다. 바람직한 전략은 자사의 장점을 살리고 특정 부분에서 살아남는 것이다.

약자가 강자와 같은 전략으로 경쟁하는 한 악순환은 피할 수 없다. 따라서 약자라는 입장을 기본적으로 염두에 두고 후발 기업의 장점을 살릴 수 있는 전략을 펼쳐 나가야 한다. 가격 경쟁 등의 쓸데없는 싸움을 피하고 특수 분야나 특정 분야에서 넘버원을 노리는 것이 좋다.

란체스터의 순위 전략

제1위의 전략

제1위 기업은 시장 전체의 안정화를 꾀한다
업계 전체를 가격, 점유율, 기술 판매 등의 면에서 경쟁 시장으로 만들지 말고 자사 중심으로 시장을 안정시키는 것이 기본이다
· 시장 안정화(시장 전체의 안정화를 꾀한다)
· 경쟁 시장으로 만들지 않는다(굳이 가격 경쟁을 하지 않는다)
· 포위 작전(제품 구비, 판매 경로 등을 광범위하게 커버)
· 2위와 격차를 벌인다(판매력, 재무력, 시장 점유율의 격차 등)

제2위의 전략

제2위인 기업은 제1위와 휴전 상태를 유지한다
또 시장의 변화를 앞서 읽고 분석하여 신 분야에서 넘버원이 된 후 타이밍을 노려 제1위에 도전한다
· 제1위와 휴전(자금력, 기술력을 비축해 둔다)
· 시장 변화를 예측하고 신 분야에서 넘버원이 된다
· 타이밍을 노려 제1위에 도전

제3위의 전략

제3위 기업은 제1위와 동맹을 맺고 제2위에 도전한다
제5위 이하를 그룹으로 만들어 시장을 불안정한 경쟁 시장으로 만든다. 기회를 노려 제2위를 뛰어넘어 제1위를 지향한다
· 제1위와 동맹
· 제2위를 견제
· 제2위를 뛰어넘어 제1위를 노린다

합종과 연횡의 전략

자사가 업계에서 차지하고 있는 순위에 따라 경쟁에 이기기 위한 전략이 달라진다

◆ 연합을 펼치는 합종의 책(策)

합종의 책이란 작은 세력끼리 이해와 득실을 초월하여 연합 전선을 펼쳐서 거대한 세력에 대항하는 것이다.

연횡의 책이란 강대 세력이 합종한 연합 전략을 무너뜨리기 위해 그중 한 세력과 짜고 다른 세력들을 차례차례 무너뜨려 가는 것으로 다른 말로는 각개 격파의 전략이라고도 한다.

합종의 책은 중국 전국 시대에 소진(蘇秦)이라는 군사가 제창한 것이다. 주(秦)나라가 강대해지자 근방의 여섯 소국은 전전긍긍하고 있었다. 주나라가 강력해지면 근방의 국가는 두려움에 떨게 되고 옆 나라가 침공을 당해도 구해주려 하지 않게 된다.

그뿐인가, 주나라의 꼬임에 빠져 회유당할 가능성도 있다. 방관하거나 회유당한다 해도 이윽고 주나라에 먹혀 망국의 길을 걷게 될 것은 자명한 일이었다. 그래서 소진은 주나라를 두려워하는 여섯 나라를 설득하여 연합을 결성했다. 이것이 바로 합종의 책이다. 합종이란 종(縱)으로 결탁함을 의미한다.

거대한 세력의 진출에 맞서 근접해 있는 작은 세력이 각각 별개로 싸우면 반드시 각개 격파당하고 만다. 살아남기 위해서는 작은 세력 간에 연합을 결성해야 하는 것이다.

자본력이 있는 대형점이 진출했을 경우 지방의 상점들이 각각 대응에 나서봤자 이길 수 있는 가능성은 없다. 거대한 세력에 대항하기 위해서는 이해와 득실을 초월하여 연합 작전으로 대응하지 않으면 안 된다.

◆ 합종을 타파하는 연횡의 책

연횡의 책이란 소국의 연합인 합종을 타파하거나 또는 그것을 미연에 방지하는 것이다.

이 책은 합종을 생각한 소진과 동문인 장의(張儀)라는 인물이 대국인 주나라를 위해 생각한 전략이다.

6개 국의 소국이 합종하여 강국 주나라에 대항하고 나서자 주나라는 각 국과 손을 잡았던 것이다. 연횡이란 횡(橫)으로 여결한다는 의미이다.

연횡의 책이란 소국 하나와 동맹을 맺음으로써 연합 전선을 분석하여 그 결속력을 약체화시키는 전략이다. 그리고 이 소국을 이용하여 다른 소국을 협공하는 것이다. 이 방법을 되풀이하면 적을 하나씩 무너뜨려 갈 수 있다.

대형 슈퍼마켓이 지방에 진출할 때 지역 상점의 저항을 약화시키기 위해 그중 한두 점포와 손을 잡고 상점 연합을 무너뜨려 가는 것이 이 수법에 해당된다.

합종과 연횡은 현대에도 훌륭하게 통용되는 것으로 국제 정치나 일본 정계에서도 종종 이용되고 있다.

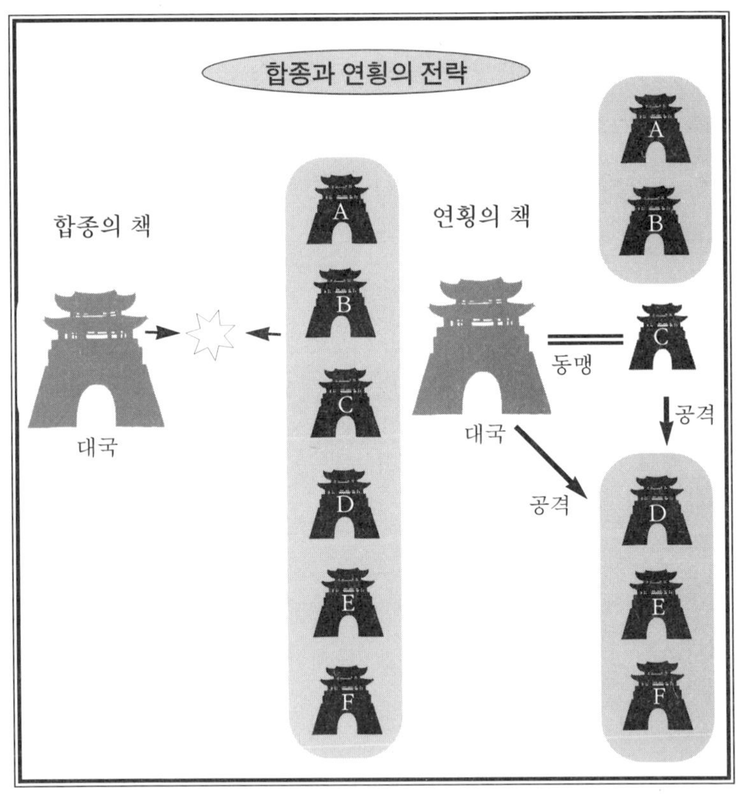

성장 전략(다각화)

다각화는 제품과 시장을 신규와 기존의 시점으로 포착한다

◆ 앤조프(Ansoff)의 성장 벡터(Vector)

다각화는 앤조프가 제창한 성장 벡터라고 할 수 있다.

앤조프의 성장 벡터는 가로 축에 제품(P : Product), 세로 축에 시장(M : Market)을 놓는 탓에 PM 매트릭스(PM Matrix)라고도 부른다.

또 앤조프의 성장 벡터는 각 제품과 시장을 기존과 신규로 구분하여 성장 벡터를 나타내고 있다.

사업의 깊이는 마케팅 등에 의한 사업 성장을 표시하고 있다.

다각화는 기업에 있어서 시장 구조의 변화를 선취하는 중요한 전략 중의 하나이다. 다각화는 경영 자원 배분의 문제이며 단순한 생각으로 다각화는 성공할 수 없다.

◆ 기존 사업의 심화

현업 분야를 강화하는 충실한 상품 라인업과 기존 시장의 씩장 점유율 증대 등은 무엇보다도 중요하다. 본업의 기반을 굳히지 않으면 신규 분화를 향한 다각화를 추진하기 어렵다. 차별화 전략, 코스트 리더십 전략, 집중 전략의 실천 영역이기도 하다.

◆ 제품의 다각화

기존 시장의 장점을 살려서 제품을 다각화하는 방식이다.

이때 중요한 것은 제품과 시장의 핵심 역량 요소를 분명히 하여 다각화를 진행해 나가는 것이다.

기존의 판매 경로나 시장·고객을 최대한으로 활용하는 제품을 개발함으로써 판매 면에 대한 신규 투자를 최소화할 수 있다.

◆ 시장의 다각화

기존 제품을 보다 넓은 시장으로 확장시키는 다각화이다. 국내에서 판매하고 있는 것을 수출하거나, 혹은 점포에서 판매하고 있는 제품을 통신 판매로도 판매하거나 새로운 지역에 점포를 내는 것을 말한다. 시장 개척 또는 고객 개척이라고도 한다.

새로운 시장을 개척하려면 많은 선행 투자가 필요하다.

그러나 기존 상품의 확대로 이어지는 효과는 크기 때문에 매력적인 다각화라고 할 수 있다.

◆ 미지의 영역으로의 다각화

제품도 시장도 신규 영역의 다각화이다. 본업을 떠난 사업 영역이기 때문에 위험도(Lisk)가 극히 높다. 이미 참여하고 있는 기업이 시장 지배력을 지니고 있어 성공 확률도 낮다. 아무리 브랜드 파워가 있는 기업이라 해도 신규 분야에서는 브랜드 파워가 통용되지 않는다. 위험도가 높은 다각화이기에 굳은 각오를 하고 뛰어들어야 한다.

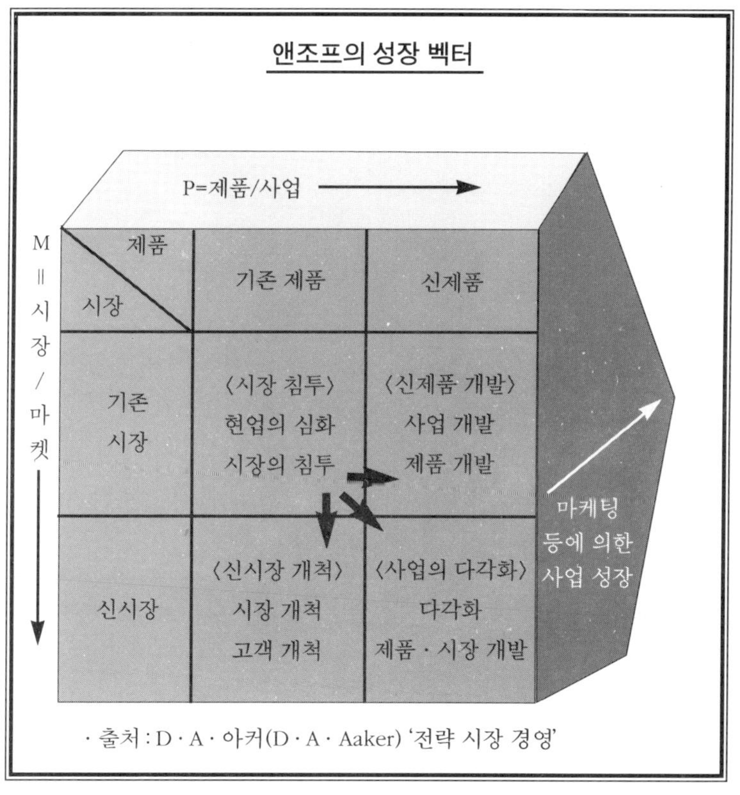

'전쟁이란 속임수다'의 경영 전략

다각화는 제품과 시장을 신규와 기존의 시점으로 포착한다

◆ 전쟁이란 속임수다

"전쟁이란 속임수다[시계편(始計篇)]."

'손자병법'에 실려 있는 유명한 말이다.

속임수는 정상적인 방법이 아닌 방법으로 상대의 의도를 깨뜨리는 것을 말한다.

'전쟁은 상대를 속이는 것이다. 그러므로 상대의 허를 찌르는 자가 이긴다'라는 뜻이다. 이기기 위해서는 온갖 수단과 방법을 동원해야 한다. 정의감이나 원칙론은 그림의 떡에 불과하다.

손자는 속임수로 열네 가지 포인트를 들고 있다.

① 능하면서 무능한 듯 보이게 하라. 병력이 적보다 우세해도 열세인 것처럼 꾸며 적을 방심하게 만든 후 그 틈을 노려라.

② 필요해도 불필요하게 보여라. 유리하게 활용할 수 있는 것도 불필요한 척한다. 이것은 변화에 대응하는 것으로, 없는 것이

라도 있는 것처럼 꾸미고 퇴각할 때도 진군하는 것처럼 꾸며라.

③ 가까움을 먼 듯이 보이게 하라.

④ 멀리 있어도 가까이 있는 것처럼 꾸며라. ③④는 대조적으로, 적과 가까운(먼) 곳에 있어도 멀게(가깝게) 보이도록 상대를 속이는 것이다.

⑤ 이로운 듯이 보이게 하여 유인하라. 공명심 때문에 성급하게 구는 적병에게는 작은 이익을 줘서 꾀어낸 후 쳐라.

속임수의 14가지 포인트

① 능하면서도 무능한 듯 보여라

② 필요해도 불필요하게 보여라

③ 가까이 있어도 멀리 있는 것처럼 꾸며라

④ 멀리 있어도 가까이 있는 것처럼 꾸며라

⑤ 작은 이익을 주고 큰 이익을 얻어라

⑥ 혼란시켜 습격하라

⑦ 견실하면 방비하라

⑧ 강력한 적과의 싸움은 회피하라

⑨ 일부러 도발하여 화나게 하라

⑩ 저자세로 나가 방심케 하라

⑪ 휴양이 충분한 적을 분주하게 하여 피로케 하라

⑫ 단결된 적은 내부로부터 무너뜨려라

⑬ 허술한 곳을 공격하라

⑭ 의표를 찌르는 행동을 하라

⑥ 혼란시켜 탈취하라. 적의 통제가 흐트러지면 급습하라.

◆ 심리 작전을 임기응변으로 이용한다

⑦ 견실하면 방비하라. 적의 힘이 충실할 때는 대비를 확고히
하라.

⑧ 강하면 피하라. 강력한 적과의 싸움은 회피하라.

⑨ 노엽게 만들어 뒤흔들어라. 일부러 도발하여 기반을 흐트
러지게 하라.

⑩ 비하시켜 교만하게 하라. 일부러 자기를 낮춰 상대를 교만
하게 한 후 허점을 노려라.

⑪ 편안하면 피곤하게 하라. 휴양이 충분한 적병에게는 아군
병사를 사방으로 움직여 적을 지치게 하라.

⑫ 친하면 이간시켜라. 단결해 있는 적에게는 내통자를 보내
서로 의심을 품게 하라.

⑬ 방비가 없는 곳을 공격하라. 그곳은 절대 공격해 오지 않을
거라고 안심하고 있는 적의 빈틈을 찔러라.

⑭ 불시에 공격하라. 일단 방어는 하고 있지만 공격해 오지는
않을 거라고 생각하고 있을 때 공격하라.

이 열네 가지 포인트를 임기응변으로 이용함으로써 승리를 얻
을 수 있다.

스피드 경영

새로운 비즈니스 모델을 최초로 구축한 기업이 톱의 자리에 오른다

◆ 경영의 스피드를 올린다

경영의 스피드는 사업 성공의 승패를 쥐고 있다. 예를 들어 두 회사가 완전히 똑같은 신제품을 발매했을 경우 빨리 발매한 기업이 높은 지명도와 수익성을 확보할 수 있다.

반도체 업계에서는 신기술 개발 경쟁이 치열하다. 따라서 반도체는 단기간에 가격이 하락한다. 1년간 가격이 10분의 1이 되는 메모리칩도 드물지 않다. 후발이 되면 수익은커녕 선행 투자도 회수할 수 없다.

◆ 퍼스트 무버 톱 셰어의 법칙

특히 IT(정보 기술) 업계에서는 '퍼스트 무버 톱 셰어(Frist Mover Top Share : 먼저 진출한 기업이 더 큰 시장을 갖는다)의 법칙'이 상식이라 할 수 있다. 타사보다 먼저 새로운 비즈니스 모델을 구축한 기업이 톱 셰어를 손에 넣으며 창업자 이익을 얻을 수 있다는 법칙이다.

인터넷 광고인 '야후!', 전자상점가인 '낙천시장(樂天市場)', 인터넷 증권 '이 트레이드(E-Trade)' 등이 그랬듯이 가장 빨리 진입한 기업만이 창업자 이익을 얻을 수 있다.

그 회사들은 어떻게 창업자 이익을 얻을 수 있었던 것일까?

새로운 비즈니스 모델을 구축하면 우선 경쟁 상대가 존재하지 않기 때문이다. 경합이 없으면 단기간에 시장을 독점할 수 있다.

또 하나의 이유는 매스컴이 새로운 비즈니스 모델이라고 인지하면 비즈니스 잡지 등이 무료로 기사를 실어주기 때문이다. 따라서 광고비를 들이지 않고 단기간에 지명도가 높아지게 된다. 또 소비자의 마음을 사로잡으면 광고비에 돈을 들이지 않아도 입소문으로 지명도가 올라가게 된다.

◆ 경영 환경의 변화를 기회로 연결시킨다

새로운 비즈니스 모델을 구축하기 위해서는 경영 환경의 변화를 비즈니스 기회로 연결시킬 기회를 항상 엿보고 있어야 한다. 경영 환경의 변화는 새로운 비즈니스 모델을 개발할 수 있는 기회이다.

IT의 본질은 인터넷에 의해 전 세계의 정보 네트워크가 싼 가격으로 손에 들어오는 것이다. 이 정보 네트워크를 가장 빨리 이용함으로써 네트 비즈니스의 비즈니스 모델이 수없이 많이 구축

되었다.

또 금융의 규제 완화로 금융 업계에 신규 진입하는 기업도 나타났다. 이처럼 경영 환경의 변화를 빠르게 파악하여 기회로 연결시키는 스피드 경영이 매우 중요하다.

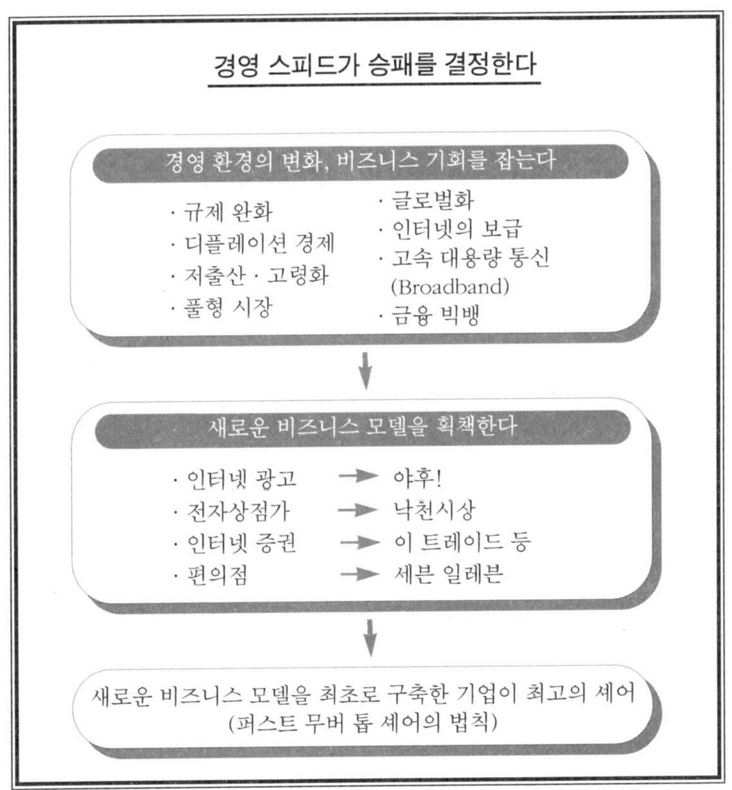

처녀처럼 행동하고 토끼처럼 무찌르는 전법

새로운 비즈니스 모델을 최초로 구축한 기업이 톱의 자리에 오른다

◆ 처음에는 처녀처럼

'처음에는 처녀처럼 후에는 토끼처럼' 이라는 속담은 사실 손자가 한 말이며 훌륭한 병법의 가르침이기도 하다.

"우선 처녀처럼 행동하여 적군의 방심을 꾀할 일이다. 그렇게 하여 놓고 달아나는 토끼와 같은 기세로 무찌르면 적군은 제아무리 버티어본들 막아낼 수가 없다[구지편(九地篇)]."

처음에는 '부끄러워하는 처녀' 처럼 대항하지 않고 순종적으로 대응하여 적을 방심시켜야 한다. 하지만 적이 방심해서 틈을 보이면 마치 도망치는 토끼처럼 재빨리 공격해야 한다. 그러면 적은 공격을 방어할 수 없다.

'처녀 같은 순박함' 이란 그 내면에 교활한 책모를 숨기고 있단 뜻이다. 적이 표면적인 순종에 방심하면 곧 적을 공격해야 한다. 만약 처녀가 달아나는 토끼처럼 빠르게 변하지 않으면 적의 생각대로 지배당하게 된다. 또 처음부터 달아나는 토끼처럼 행동한다면 적의 추격을 받게 될 것이다.

처녀와 토끼는 이른바 '정(靜)'과 '동(動)'의 관계이다. 그러나 '정'은 내면으로 책략을 짜면서도 그것을 겉으로 드러내지 않는다. 그러다 기회를 포착하면 '동'으로 전환하여 재빨리 공격에 나서야 한다. 처녀는 책략이며 토끼는 스피드인 것이다.

◆ 사나다 마사유키(眞田昌幸)의 처녀와 토끼

세키가하라 전투에 나선 도쿠카와 히데타다(德川秀忠)의 3만 군세는 신슈(信州)의 우에다(上田) 성 공격에 발이 묶여 세키가하라 결전에는 참전할 수 없었다.

그것은 우에다 성의 사나다 마사유키와 사나다 유키무라(眞田幸村) 부자가 처음에는 처녀처럼 대응하다가 돌연 달아나는 토끼처럼 도쿠카와 군을 습격했기 때문이다.

도쿠카와 히데타다는 먼저 '우에다 성의 성문을 열지 않으면 공격하겠다'고 전했다. 그러자 사나다 마사유키는 극히 순종적으로 '성문을 열겠다'고 통지했다. 그러나 마사유키는 성문을 열기로 약속하긴 했으나 좀처럼 항복할 기색은 보이지 않았다. 히데타다가 몇 번이나 사신을 보냈지만 그때마다 마사유키는 '조금만 더 기다려 달라'고 미안한 듯이 대응했다.

그동안 사나다 부자는 성 밖에 복병을 배치하고 도쿠카와 군의 퇴로를 차단하는 작전을 준비했다. 이윽고 마사유키는 느닷

없이 돌변하여 성문 열기를 거부했다. 이에 화가 난 히데타다는 우에노 성을 공격하라고 명령했다. 그러나 막상 공격을 시작하자 퇴로는 복병들로 차단되어 있었다. 결국 도쿠카와 군은 성에서 출격한 사나다 군과 복병에게 동시에 공격당해 패배하고 말았다.

사나다 마사유키의 공격은 전광석화와도 같았다. 그야말로 처녀에서 토끼로 변신하는 스피드 전법으로 승리한 것이다.

캐시 플로(Cash Flow) 경영

회계 기준의 대대적인 개정으로 인해 캐시 플로 경영이 요구되고 있다

◆ 디플레이션에 의한 자산 경영의 한계

일본의 디플레이션(Deflation)의 장기화에 따라 일본 기업이 소유하고 있는 토지나 주식의 자산 가치가 현저하게 하락했다. 거품 경제 시대에 사들인 토지와 주식의 가격은 계속해서 하락하여 원가를 밑돌게 되었고 그에 따른 손실은 계속해서 확대되고 있는 추세다.

또 일본 회계 기준의 대대적인 개정으로 인해 시가 회계의 요소가 기업 회계에 도입되었다. 그로 인해 기업의 진정한 현재 가치가 드러나게 되었고 각 기업의 자산 가치 하락에 따른 손실이 공개되었다.

거품 경제 시대에 토지를 사들인 일본 기업에게는 혹독한 제도 변경이라 할 수 있다. 이 때문에 인플레이션(Inflation) 경제를 전제로 한 일본형 경영 방식의 대대적인 전환이 필요하게 되었다. 디플레이션 경제 하에서는 시간이 지남에 따라 물건의 가격이 저하되어 상대적으로 화폐의 가치가 높아지게 된다. 따라서 현 기업의 정공법은 부채를 줄이고 현금을 늘리는 것이라고 할 수 있다.

◆ 캐시 플로(Cash Flow : 현금 흐름)가 기업 가치를 결정한다

기업의 가치와 기업의 장점을 나타내는 것은 현금을 만들어내는 힘이라는 사고방식을 기업 가치관의 중심으로 삼는 경영 전략을 캐시 플로 경영이라고 한다. 현금을 만들어내는 힘이 있으면 부채를 확실하게 상환할 수 있다.

요즘은 연간 매상고보다 부채가 많은 기업이 드물지 않다. 부채를 전액 상환하기 위해서 몇 년이 걸리는지 계산해 보면, 적자 기업은 논외로 치더라도 많은 기업들이 백 년 이상은 걸린다고 한다.

◆ ROE(Return On Equity)가 기업 가치를 결정한다

또 캐시 플로 경영의 경영 효율 지표로 투입 자본에 대한 수익을 평가하는 지표가 중요시되고 있다.

투입 자본의 분자에 경상이익액을 두고 분모에 자기 자본액을 둔 지표를 ROE(자기 자본 수익률)라고 한다.

ROE를 얼마나 높일 것이냐가 기업의 경영 목표인 것이다.

◆ 세 가지 캐시 플로

기업의 캐시 플로 증감은 영업 캐시 플로, 투자 캐시 플로, 재

무 캐시 플로의 합계로 결정된다.

영업 캐시 플로는 본업을 통해 얻은 캐시 플로이다. 영업 캐시 플로를 높이려면 매상을 올리고 비용을 감소시켜야 한다. 또 재고의 감소나 외상 판매 대금의 조기 회수를 통해서도 캐시 플로를 개선할 수 있다. 최근 재고 감소의 움직임이 가속화하고 있는 것도 캐시 플로가 증가했기 때문이다.

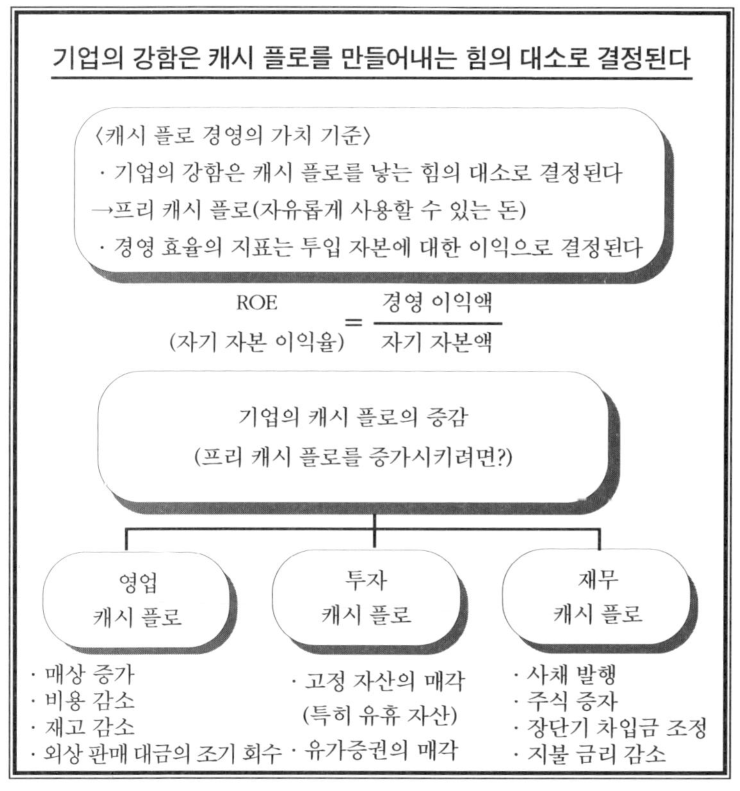

적을 알고 나를 알면 승리한다

회계 기준의 대대적인 개정으로 인해 캐시 플로 경영이 요구되고 있다

◆ 백전백승의 다섯 가지 조건

"적을 알고 나를 알면 백 번 싸워도 위태롭지 않다[모공편(謀攻篇)]."

'손자병법'에 실려 있는 말 중에서 가장 유명한 말이다. 싸움을 할 때 상대의 힘을 완전히 알고 아군의 힘을 정확하게 파악하면 절대로 지지 않는다. 그러나 '적을 모르고 나를 알면 일승일패'라는 말이 있듯 아군의 힘을 아무리 파악하여 괜찮다고 생각해도 상대의 실력을 모르면 승산은 반반이다.

또 이런 말도 있다.

"적을 모르고 나를 모르면 싸울 때마다 위태롭다."

손자는 적의 실력도 모르고 자신의 힘도 모르면 위태롭다고 단언하고 있다.

그럼 적을 알고 나를 알아 승리를 손에 넣으려면 어떻게 해야

하는가. 승리를 달성하기 위해서는 다음 다섯 가지 조건을 생각해야 한다.

① 싸울 때와 싸우지 않을 때를 아는 자가 이긴다.

→ 아군과 적의 실력을 냉정하고 정확하게 분석하여 지금이 싸울 때인지 회피해야 할 때인지 판단할 수 있는 자가 이긴다.

② 병력의 많고 적음에 따른 적절한 운영법을 알면 승리한다.

→ 대병력과 소병력의 사용법을 아는 자가 이긴다. 즉, 병력에

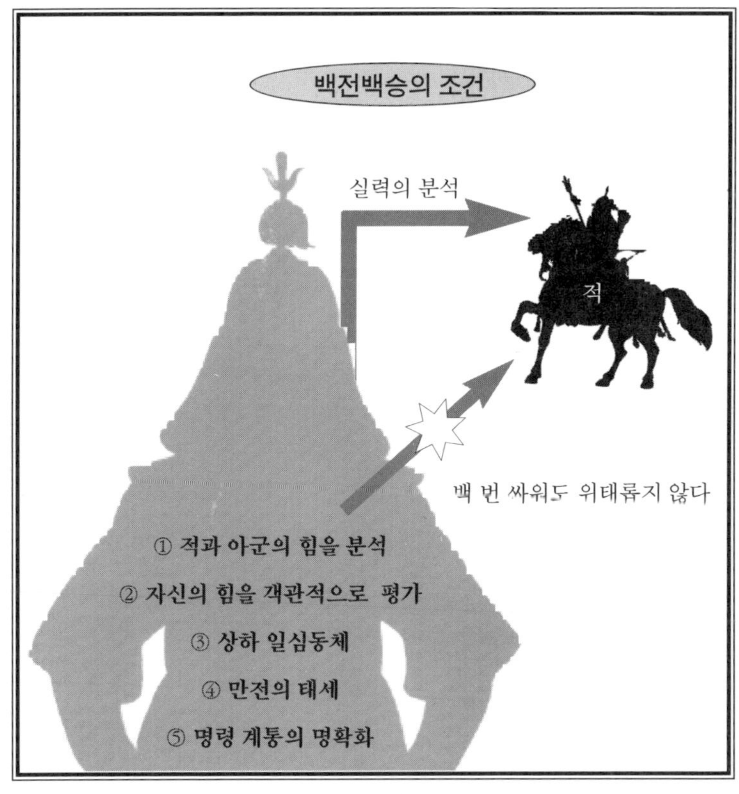

따른 전략을 세울 수 있는 자가 이긴다는 뜻이다.

◆ 현 상황을 잘 파악하라

③ 상하가 뜻을 같이하면 승리한다.

→ 톱과 부하의 마음이 목적과 이익에 있어 하나로 뭉쳐져 있으면 이긴다.

④ 잘 생각하고서 잘 생각하지 못한 적을 기다리면 승리한다.

→ 잘 생각한다는 것은 완전한 준비 태세를 갖추는 것이다. 아군이 만전의 태세를 가지고 적의 준비가 되어 있지 않을 때를 노리면 이긴다.

⑤ 장수가 유능하고 임금이 간섭하지 않으면 승리한다.

→ 장군이 유능하고 군주가 지휘권에 간섭하지 않으면 이긴다. 톱은 현장의 지휘에 간섭하지 않아야 한다는 것이다. 즉, 명령 계통이 흐트러지지 않고 명확하면 이긴다는 뜻이다.

이 다섯 가지가 싸우기 전에 승리를 알 수 있는 조건이다.

'적을 알고 나를 알라'는 말은 아군과 적군의 실력을 주관적이고 일면적으로 판단하기 쉬운 경향을 꾸짖으며 경계하고 있다. 특히 '나를 아는 것'은 가장 중요한 일이다. 나를 모르고 돌진하면 반드시 뼈아픈 실패를 하게 된다. 먼저 자신의 발 밑을 살펴보는 것이 중요한 것이다.

경쟁 회피의 전략

동업종 간의 얼라이언스(업무 제휴)

얼라이언스로 각 사의 경영 자원을 최대한 활용한다

◆ 얼라이언스 시대

경합과 철저한 경쟁 풍조가 사그라들자, 목적이 일치하는 부분에서 얼라이언스(Alliance : 업무 제휴)를 하는 전략이 눈에 띄게 되었다. 특히 동업종 간의 차세대를 이끌어가는 신기술 개발 얼라이언스가 증가하고 있다.

업무 제휴가 증가하는 것은 글로벌화의 진전과 더불어 국내 기업 간의 경쟁에서 세계 레벨의 경쟁이 격화되고 있기 때문이다. 쌍방 기업의 목적을 달성하는 데 도움이 된다면 경합 기업과의 제휴도 피할 수 없는 것이다.

◆ 얼라이언스의 메리트

얼라이언스의 메리트(Merit)는 서로의 경영 자원을 유효하게 활용할 수 있다는 것이다. 또 이미 확립된 기술을 서로에게 제공함으로써 기술 개발에 필요한 비용을 절감할 수 있으며 그 결과 선행 투자의 리스크(Lisk)를 최소화하고 기술 개발 시간을 절감할 수 있다. 스피드 경영이 요구되는 요즘 시대에 기술 개발 시간의 단축 효과는 크다. IT 분야에서는 특허 경쟁이 격화되고 있어서 특허 취득에 있어서도 기술 개발 기간 단축의 장점은 크다.

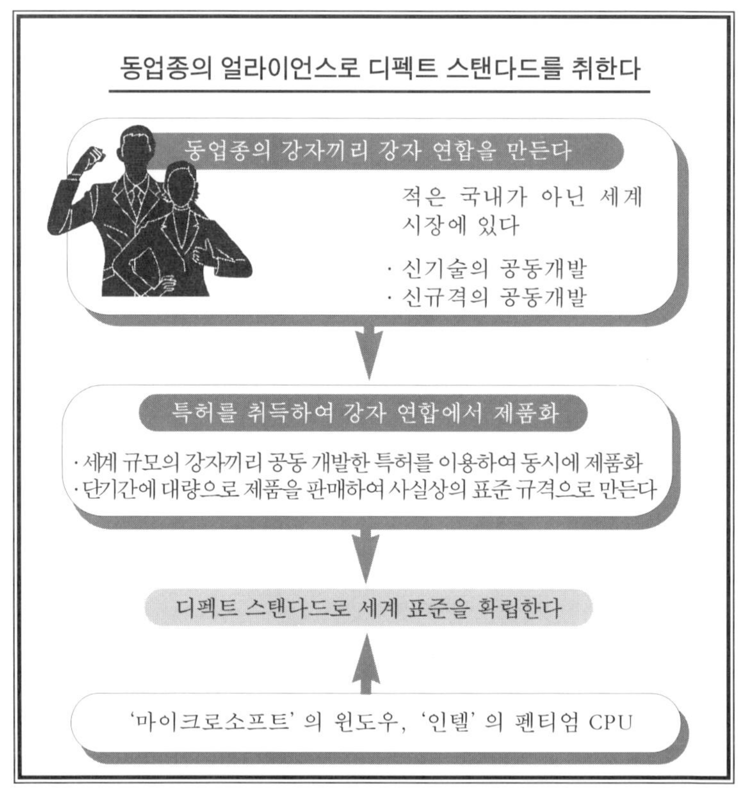

◆ 디펙트 스탠다드

디펙트 스탠다드(Defect Standard : 실질적인 표준)를 취하느냐 마느냐가 기술 개발의 성패를 쥐고 있다 해도 과언이 아니다. 글로벌화의 진전은 기존 기술의 상식을 바꿔놓았다.

지금까지는 뛰어난 기술이란 기술 그 자체가 뛰어난 것이었다. 그러나 아무리 뛰어난 기술이라도 제품에 채용되지 않으면 기업에 이익을 줄 수 없다.

즉, 얼마나 뛰어난가에서 세계적으로 얼마나 이용되고 있느냐로 기술의 기준이 바뀐 것이다.

예전 홈비디오 규격의 디펙트 스탠다드 경쟁에서는 베타 방식이 패배하고 VHS 방식이 살아남았다. 베타 방식에서는 소니가 단독으로 분투했지만 빅터(Victor)를 비롯한 VHS 연합군을 당해낼 수는 없었다. 비디오의 호환성 면에서 시장 점유율 경쟁에 이긴 VHS 방식이 디펙트 스탠다드가 되었던 것이다.

동업종의 강자끼리 연합하여 신기술을 개발하고 제품 규격으로써 대량 판매하면 디펙트 스탠다드를 차지할 확률은 높아진다. 그것이 지금까지는 경합이었던 기업들끼리 기술 면에서 얼라이언스를 적극적으로 추진하는 이유이다.

우직(迂直)의 계(計)와 원교근공(遠交近攻)의 전략

얼라이언스로 각 사의 경영 자원을 최대한 활용한다

◆ '급할수록 돌아가라' 라는 전략

'손자병법' 에는 '우직(迂直)의 계(計)' 라는 책략이 있다.

"승리의 조건을 만들기 위해서 '우직의 계' 를 써서 불리한 조건을 유리하게 만들 생각을 하지 않으면 안 된다[군쟁편(軍爭篇)]."

전장에서 승리의 조건을 만들기 위해서는 일부러 멀리 돌아가서 적을 방심시킨 후 적보다 먼저 목적지에 도달해야 한다는 뜻이다.

'우직의 계' 는 위험하고 불리한 상황을 유리하게 바꾸기 위한 책략이다. 멀리 돌아가며 일부러 허점을 보여서 적의 공격을 유도하면 적보다 늦게 출발해도 먼저 목적지에 도달하여 유리한 진형을 취할 수 있는 것이다. 이것이 '우직의 계,' 즉 우회함으로써 빨리 목적지에 도착하여 승리를 손에 넣는 포인트이다.

'우직의 계' 는 언뜻 생각하면 멀리 돌아감으로써 시간과 노력을 허비하게 만들 것 같지만 실은 목적지에 확실하게 도달할 수 있는 책략이다. '급할수록 돌아가라' 라는 말도 있지 않은가.

◆ 원교근공책의 이득

'우직의 계' 를 더욱 확대시킨 전략이 '원교근공(遠交近攻)' 이라는 책략이다. '원교근공' 은 같은 목적을 지니고 있지만 직접적으로 이해관계가 뒤얽혀 있지 않은 먼 나라와 동맹을 맺어서 근접한 나라를 공격하는 외교 전략이다.

이 전략은 중국 주나라의 범저(凡睢)가 제창한 것으로 복수의 조직과 대립하고 있을 때나 인간관계에 있어서도 극히 효과적인 전략이다.

본래 이웃 나라와는 서로 공존해야 하지만 이해관계가 뒤얽혀서 감정적으로 대립하는 경우가 많다. 따라서 사활을 건 싸움에서는 먼 나라와 동맹을 맺어 이웃 나라를 압도해야 한다. 또 먼 나라가 이익을 얻기 위해 대립하고 있는 두 나라 중 한쪽 편을 드는 경우도 있다.

◆ 변화하는 원교근공(遠交近攻)의 대상

카이(甲斐)의 타케다 신겐(武田信玄)은 이웃 나라인 도쿠카와 이에야스와 우에스기 켄신을 공격할 때 도쿠카와와 우에스기가 동맹을 맺고 있는 오다 노부나가와 싸우고 있던 아시카가 요시아키(足利義明), 아사이 나가마사(淺井長政), 아사쿠라 타카카게

(朝倉孝景), 이시야마 혼간지(石山本願寺)와 '원교'를 했다.

이 '원교'에 의해 노부나가의 병력을 분산시키고 이에야스와 켄신을 치는 '근공'에 나섰던 것이다. 그러나 '원교근공'은 영원히 지속되는 관계가 아니다. 어디까지나 상황과 역학 관계에 의해 형성되는 것이다. 상황이 변하고 역학 관계가 변하면 '원교'로 동맹을 맺었던 나라가 '근공'의 대상이 될 수도 있는 것이다.

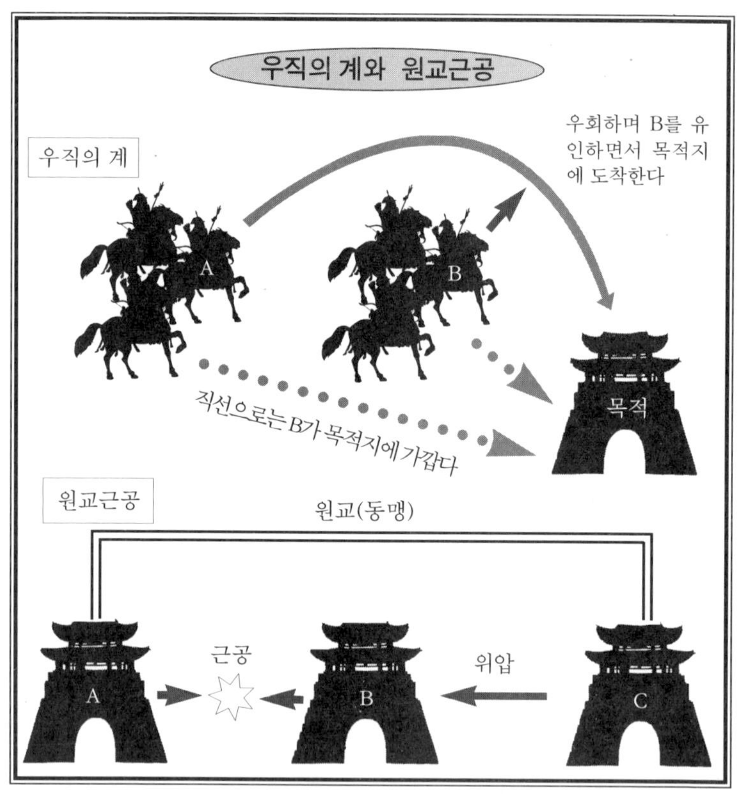

SCM은 이업종 간의 얼라이언스

SCM은 얼라이언스로 전체 최적을 노린다

◆ SCM으로 얼라이언스

서플라이 체인(Supply Chain)이란 서플라이어(Supplier), 메이커, 도매·물류업자, 소매업자의 상품을 고객에게 전달하는 일련의 기업 연쇄이다. SCM(Supply Chain Management)은 서플라이 체인 전체의 최적화를 지향하는 얼라이언스다.

서플라이 체인을 구성하는 기업은 개별 기업마다 이익을 추구하는 부분 최적 경영을 하고 있다. 만들면 팔리는 시대에는 부분 최적으로도 문제가 없었지만 물건이 남아노는 시내에 들어시면서 팔리지 않는 재고가 각 기업의 경영을 압박하게 되었다.

SCM이라는 발상 자체는 오래전부터 존재하고 있었지만 지금까지는 그것을 실현하기 위한 기술적, 또는 비용적 문제가 많았다. 예를 들어 인터넷이 없는 시대에는 전용 회선을 깔아 호스트 컴퓨터로 운용하는 것만도 수억 엔이 들었고 더욱이 소프트웨어 개발과 통신비 등 막대한 자금과 시간을 요구했다. 근래에 이르러 IT의 진보와 SCM 소프트웨어 패키지의 등장에 의해 SCM의 구체화가 가능하게 되었다.

◆ SCM 도입 목적

SCM의 목적은 부분 최적의 폐해를 극복하고 전체 최적의 메리트(Merit)를 추구하는 것이다. 또 공급망 전체의 재고를 감소시

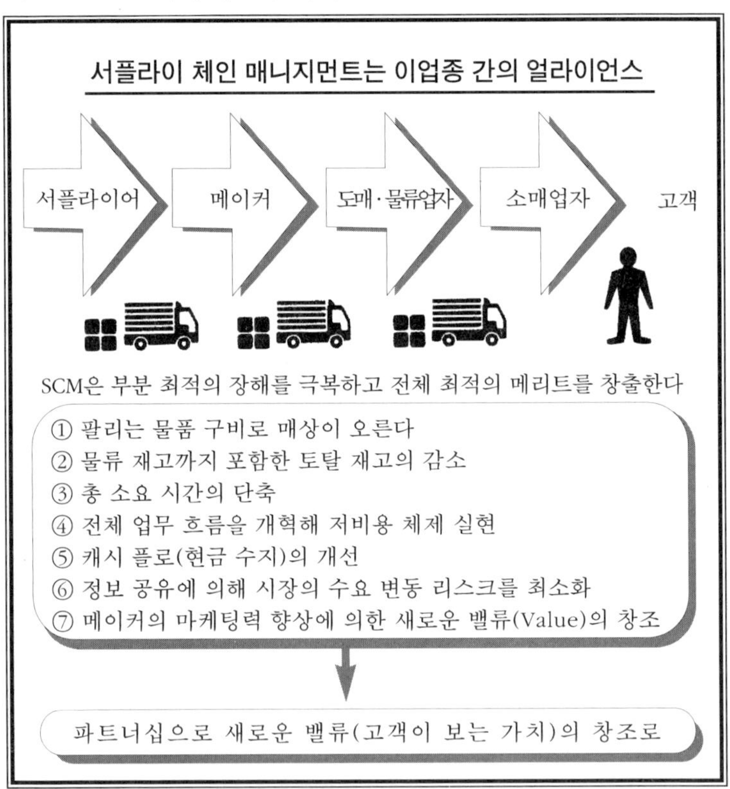

키고 팔리는 상품을 충실하게 구비하기 위한 것이다.

판매 기회 상실 및 재고 손실을 줄이기 위함이다. 그것을 실현하기 위해서는 판매 정보와 재고 정보를 기초로 생산 체제와 물류 체제를 확립하고 생산에서 판매까지의 총 소요 시간(Total Lead Time)을 단축하지 않으면 안 된다. 재고가 줄면 운전 자금이 생기고 캐시 플로는 개선된다.

서플라이 체인 전체를 정보 시스템으로 연결하면 수주 · 발주 업무를 전표 처리에서 온라인 처리로 쉽게 자동화할 수 있게 된다. 또 재고가 일정량을 밑돌 때 컴퓨터로 손쉽게 자동 발주 처리할 수도 있다. SCM은 전체의 저비용 체제(Low Cost Operation : 저비용의 효율적인 점포 운영 전략)도 가능하게 만들어준다.

정보 공유에 의해 신선한 판매 정보를 메이커가 입수할 수 있게 되면 시장 동향이나 고객 수요(Needs)를 파악할 수 있게 된다. 그 결과 수요 예측의 정밀도가 높아지고 재고를 가미한 정밀도 높은 생산 계획을 입안할 수 있게 된다.

또 메이커의 마케팅 정보로써도 도움이 되며 상품 개발 피드백(Feed Back)이 가능해진다. 요즘은 개별 기업의 노력은 물론이거니와 얼라이언스로 새로운 부가가치를 탐색해야 하는 시대인 것이다.

'상산(常山)의 뱀' 과 '오월동주(吳越同舟)' 의 책략

SCM은 얼라이언스로 전체 최적을 지향한다

◆ 대립을 뛰어넘는 이업종 제휴

손자는 싸움을 '상산의 뱀' 에 비유했다.

'상산의 뱀' 이란 중국 5대 산 중 하나인 상산에 산다고 전해지고 있는 뱀을 말한다. 상산의 뱀은 머리를 공격당하면 곧 꼬리로 반격하여 머리를 지키고 꼬리를 공격당하면 머리로 반격한다고 한다. 또 동체를 공격당하면 머리와 꼬리로 반격하여 적을 물리친다고 전해진다. 이처럼 서로 협력하는 연대 체계가 확실하게 잡혀 있으면 결코 패배하지 않는 법이다. 그럼 어떻게 하면 기능이 분담되어 있는 조직(이업종)을 '상산의 뱀' 처럼 움직일 수 있을까.

'손자병법' 에는 이런 말이 있다.

"대저 오(吳)나라와 월(越)나라는 원래 원수 진 사이지만 마침 두 나라 사람이 같은 배를 탔다가 폭풍우를 만났다면 좌우의 손처럼 일치 단결하여 서로 도울 것이다[구지편(九地篇)]."

오나라와 월나라는 오랫동안 적대 관계에 놓여 있었다. 그 두 나라 사람을 한 배에 태워도 서로 반목할 것이 뻔하다. 그러나 배가 바람을 만나서 가라앉을지도 모르게 되면 두 사람은 아마 대립을 그만두고 좌우의 손처럼 일치 단결하여 서로를 돕게 될 것이다. 만약 계속 싸운다면 공멸의 길을 걸을 수밖에 없을 테니 말이다. 이것이 그 유명한 '오월동주' 의 책(策)이다. 손자는 대립하는 자들, 즉 이업종이라 해도 '상산의 뱀' 처럼 협력할 수밖에 없도록 만드는 것이 싸움에 능한 자가 취해야 할 방법이라고 말하고 있다.

◆ 거대한 적에 맞서기 위한 '오월동주' 의 책

'오월동주' 에서 오나라와 월나라라는 이업종을 협력하지 않을 수 없도록 만드는 '바람' 이란 같은 이익을 추구하고 있는 거대한 적으로 바꿔 생각할 수 있다. 거대한 적의 진출에는 지금까지의 원한과 대립, 또 이해관계를 뛰어넘어서 대응해야 한다. 만약 거대한 적을 눈앞에 두고도 싸움을 계속한다면 함께 거대한 적의 먹이가 되어버릴 것이다. 이렇게 되지 않기 위해서는 이업종과 적극적으로 손을 잡고 이익을 높여야 한다.

◆ 아사이 나가마사의 실패

오우미(近江)의 아사이 나가마사와 로카쿠 죠테이(六角承禎)는 오랫동안 싸움을 되풀이해 왔다. 아사이 가문은 오우미를 지배하기 위해 오와리(尾張)와 미노(美濃)를 평정한 오다 노부나가와 손을 잡고 로카쿠 가문을 쫓아냈다. 그러나 노부나가는 로카쿠 가문의 영토를 아사이 가문에게 양보하지 않았다. 그래서 아사이 나가마사는 이전의 적이었던 로카쿠 가문과 손을 잡고 노부나가와 대립했으나 이미 오우미에서 교토로 세력을 넓힌 노부나가를 이길 수는 없었다. 아무리 노부나가의 누이와 결혼했다고 해도 아사이 나가마사는 로카쿠 가문과 동맹을 맺어서 노부나가의 진출을 막았어야 했다.

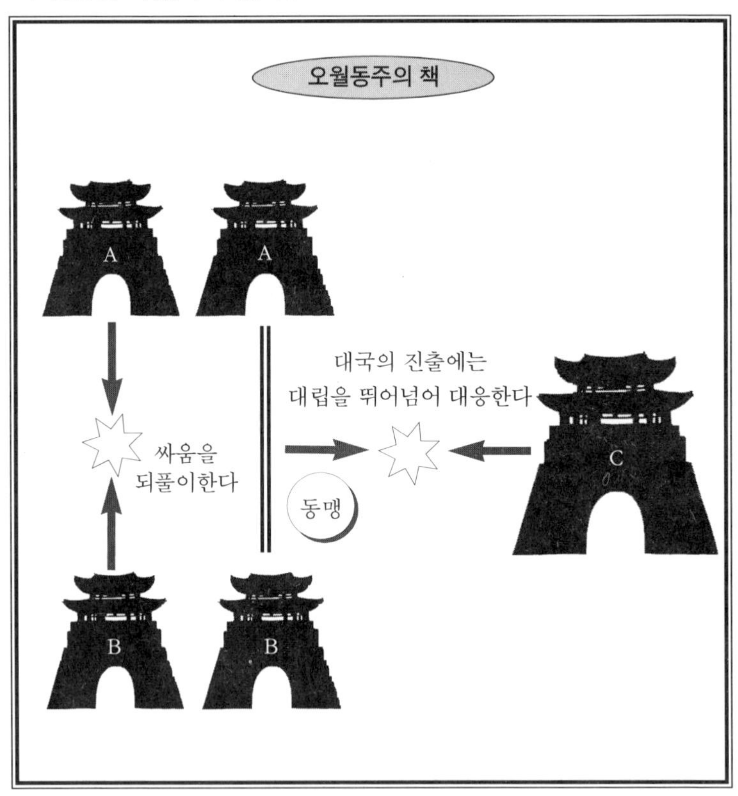

진입 장벽

진입 장벽이란 신규 진입 시 장해가 되는 벽을 말한다

◆ 왜 진입 장벽이 생기는가?

진입 장벽이란 기업이 새로운 시장에 진입할 때 생기는 장벽을 말한다.

진입 장벽이 높을수록 진입은 어려워진다. 진입 장벽에는 채널 진입 장벽, 기술 진입 장벽, 선행 투자 진입 장벽 이렇게 세 가지가 있다.

업계에서 지명도가 있는 기업은 지명도가 없는 기업보다 유리하다. 또 채널을 지니고 있는 기업은 채널을 지니고 있지 않은 기업보다 강하다. 새로 채널을 개척하기 위해서는 많은 시간과 비용이 요구된다.

이미 업계에 진입하고 있는 기업은 여러모로 유리하다. 따라서 신규 진입 기업은 많은 핸디캡을 안은 상태로 신규 진입을 해야 할 것인지 말아야 할 것인지 판단하게 된다. 핸드캡이 크면 클수록 진입 장벽은 높아지는 셈이다.

◆ 채널 진입 장벽이란?

신규 기업이 기존의 채널(판매, 구매, 유통, 경로)에 끼어들기는 현실적으로 어렵다. 일반 고객보다 단골 고객을 우선하는 것은 어느 업계나 마찬가지이기 때문이다.

채널의 개척에는 많은 선행 투자가 필요하며 기존 진입 기업도 쉽사리 채널을 개방시켜 주지는 않는다. 또 자사 계열의 채널이 필요한 경우에는 더욱 많은 선행 투자가 필요하기 때문에 채널을 개척하는 것은 쉽지 않은 일이다.

◆ 기술 진입 장벽이란?

고도의 기술이나 특허 기술은 커다란 진입 장벽이다. 예를 들어 사진 필름 기업은 전 세계에 단 네 기업뿐이다.

필름 제조에는 고도의 도포 기술이 필요하다. 네거티브 필름(촬영 후 음화의 상이 나타나는 필름)에는 십수 층의 용액이 깨끗한 층으로 분리되어 칠해져 있다. 이 기술은 후발 기업으로써는 실현 불가능한 것이다.

특허 기술 또한 커다란 진입 장벽이다. 인텔(Intel)이나 마이크로소프트(Microsoft)가 과점 시장을 유지할 수 있는 것도 특허 기술에 의한 것이다.

◆ 선행 투자 진입 장벽이란?

대규모 투자는 투자 회수 위험도가 높다. 따라서 선행 투자 금액이 크면 클수록 진입 장벽은 높아진다. 투자액을 회수하기 위해 시간이 걸리는 것도 장벽이 된다.

마이너스 성장 시대에 접어든 요즘에는 대규모 투자에 신중해진 기업이 많다. 이 또한 선행 투자의 진입 장벽을 높이는 요인이 되고 있다.

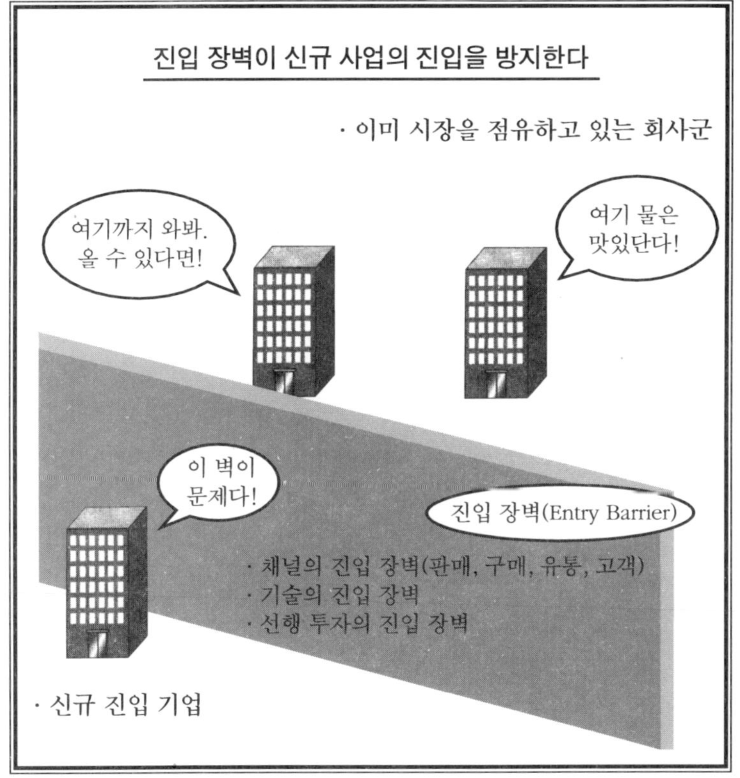

적을 약체화시키는 '이간(離間)의 책(策)'

진입 장벽이란 신규 진입 시 장해가 되는 벽을 말한다

◆ 이간(離間)의 일곱 원칙

'이간' 이란 적을 이기기 위한 장벽이 높을 때 이용되는 책략이다. 여기서 '간(間)' 이란 모략이나 유언비어, 첩자를 이용하여 적의 내부를 분열시켜서 힘을 약화시키는 것을 뜻한다.

다음 일곱 가지가 '이간' 의 책의 원칙이다.

① 적의 내부 대립을 조장하여 그 힘을 약화시킨다.

② 거짓 정보를 흘려서 내부의 대립을 유발시킴으로써 적을 내부로부터 붕괴하게 만든다.

③ 도가 지나친 선물을 보내서 내부에 상호 불신과 배신을 싹 트게 한다.

④ 동맹이나 연대를 꾀하는 자들 사이에 상호 불신을 가지게 한다.

⑤ 지위나 이익을 먹이로 배신을 유도한다.

⑥ 적의 대장과 실전 부대 부장의 사이를 이간질한다.

⑦ 적의 내부에 내통자를 만든다.

이러한 '이간' 의 책은 표면에는 드러나지 않지만 세계의 외교나 경제적 전략에서는 매우 중요시되고 있다.

◆ 이(夷)로 이(夷)를 제압한다

'이로 이를 제압한다[후한서(後漢書)]' 는 책략 또한 적의 장벽을 무너뜨리기 위한 책략이다.

'이로 이를 제압한다' 란 적대시하고 있는 두 나라를 싸우게 해서 '어부지리(漁父之利)' 를 얻는 것이다.

예를 들어 약소국 A가 강대국 B와 C의 위협을 받고 있다고 가정해 보자.

A는 B의 공격만으로도 버틸 수 없는 상태이다. 그럴 때 A는 C의 도움을 원하는 척해서 C를 B와 싸우게 만들어야 한다. 이렇게 B와 C를 싸우게 만들면 A는 살아남을 수 있다. 그뿐인가, B와 C가 전쟁에 힘을 소모함으로써 강대국으로 탈바꿈할 수 있는 가능성을 얻게 된다.

◆ 촉매(觸媒)의 책으로 살아남는다

'촉매' 의 책 또한 두 강대국을 서로 싸우게 해서 위협이라는 장벽을 없애기 위한 방법이다.

약소국 A가 강대국 B와 C를 싸우지 않을 수 없는 상황으로 만드는 것이다.

예를 들어 이런 방법이 있다.

A는 B와 C로 사자를 보내서 서로가 공격 준비를 하고 있다는 거짓 정보를 흘림으로써 서로에게 의심을 심어준다. 의심이 깊어지면 A의 병사가 B의 병사로 변장하여 C를 공격한다. 공격을 받은 C가 B의 공격에 분노하여 보복에 나서면 전면전이 유발된다. 그동안 A는 시치미를 떼고 있으면 되는 것이다.

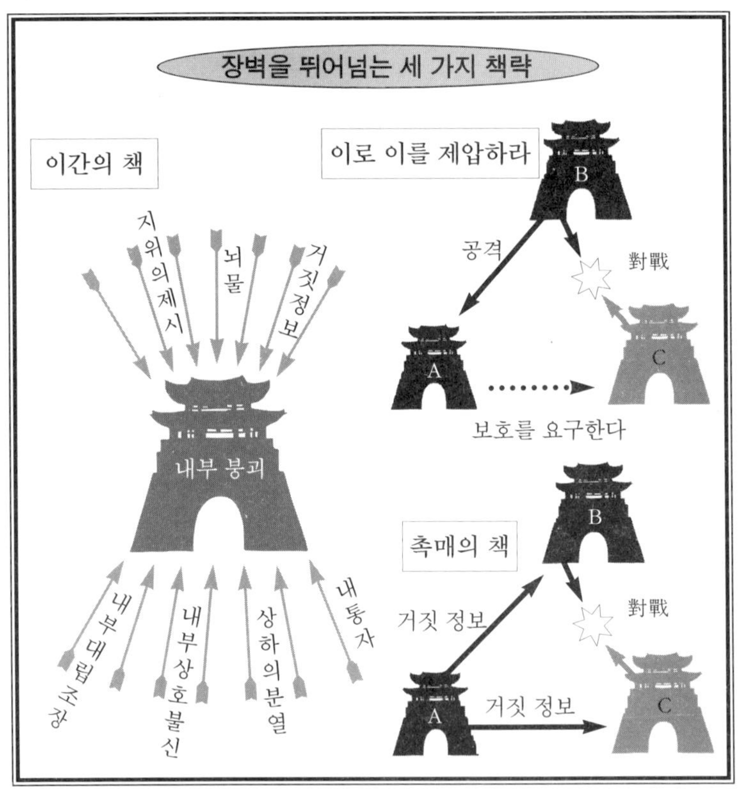

다각화를 위한 M&A

◆ M&A는 경쟁 회피의 전략

세계 수준의 거대 기업이 군웅할거(群雄割據)하는 세계 경제의 전국 시대가 도래했다. 세계 최강 기업 간의 M&A가 활발하게 이루어지고 있는 것이다. 특히 자동차 업계와 금융 업계에서는 M&A가 더욱 활발하게 이루어지고 있다.

M&A는 경쟁을 회피하고 단기간에 사업 규모 확대와 다각화를 이루는 경쟁 회피의 전략이자 성장 전략이기도 하다.

◆ 세계 최강의 기업이 된다

M&A는 세계에 통용되는 최강의 기업이 되기 위한 약점 보강책으로 진행되는 경우가 많다. M&A를 하면 새로운 기술을 쉽게 손에 넣을 수 있다. 또 판매 경로(채널)와 생산 기술까지도 입수할 수 있다. M&A는 세계 전국 시대 속에서 살아남을 수 있는 전

략이라고 할 수 있다.

미국과 유럽의 기업은 M&A에 매우 적극적이다. 예를 들어 고도의 기술을 지닌 일본 기업의 주식을 취득하면 하룻밤 사이에 고도의 기술과 일본 시장을 손에 넣을 수 있는 것이다. 또 M&A는 경쟁 기업의 수를 줄일 수 있는 효과적인 방법이기도 하다.

◆ 스피드의 다각화

지금까지 다각화의 상식은 자기 자본과 타인 자본으로 신규 사업을 일으켜서 확대하는 것이었다. 그러나 경영 환경의 변화는 제로에서 출발하는 다각화를 기다려 줄 만큼 느긋하지 않다.

다각화는 현재에 이르러 M&A의 시대에 들어섰다고 일컬어지고 있다. 미국에서 벤처 기업의 성공이란 우량 기업에 인수되는 것이라는 생각이 일반적이다. 착실한 실적으로 수익을 올리는 일본 기업의 상식과는 크게 다른 것이다. 또 자력으로 모든 것을 조달하려는 자기 완결형 경영 방침과도 크게 다르다. 미국의 M&A에 의한 성장 전략은 세계의 상식이 되어가고 있는 추세다.

◆ 벤처 캐피털

벤처 캐피털(Venture Capital)이라는 형태로 벤처 기업을 육성하거나 경영난에 빠진 기업에 자본 참가를 하는 M&A를 비즈니스로 삼는 회사도 나타났다.

예를 들면 미국의 GE 금융 자회사인 GE 캐피탈은 이런 종류의 벤처 캐피털 중의 하나다. 또 '소프트뱅크'는 자회사인 '소프트뱅크 파이넌스(Soft-Bank Finance)'를 설립하여 벤처 기업에 대한 자본 참가와 주식 상장 지원에 의한 주식 공개 이익을 얻는 비즈니스를 전개하고 있다. 이것도 M&A의 일종이라고 할 수 있을 것이다.

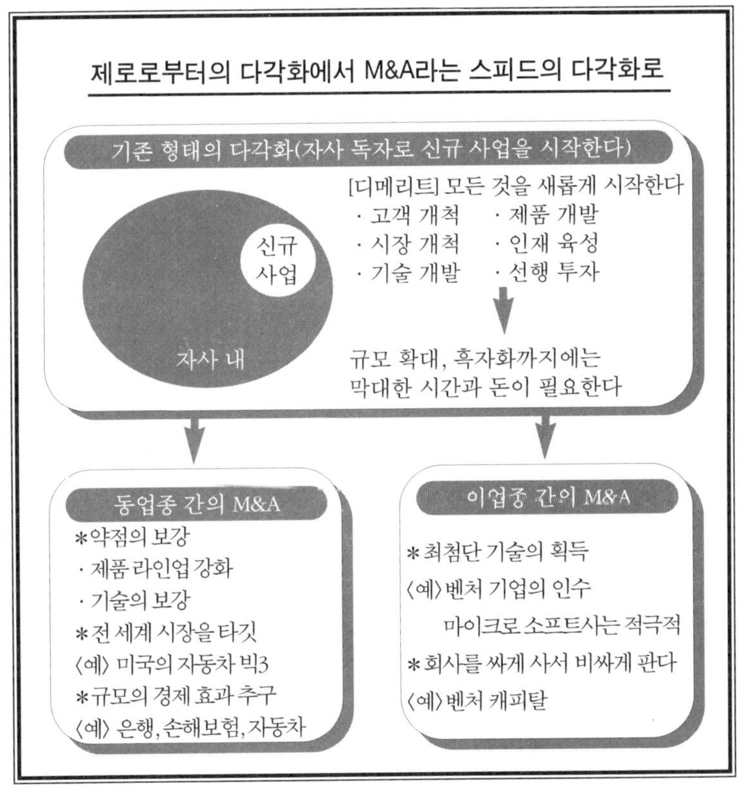

'풍림화산(風林火山)' 의 경영 태세

M&A로 기업의 대규모화와 다각화가 가속된다

◆ 풍림화산(風林火山)의 사상과 우직의 계

"작전 행동은 그 신속함이 바람과 같고, 그 고요함이 숲과 같고, 쳐들어감이 불과 같고, 움직이지 않음이 산과 같다[군쟁편(軍爭篇)]."

이것이 '손자의 기(旗)' 라고 불리는 '풍림화산' 이다.

"행동할 때는 질풍처럼 신속하고 과감하게, 때를 기다리며 대기할 때는 숲처럼 고요하고 정연하게, 침공할 때는 불처럼 치열하게, 전황에 대한 자세는 초연하고 움직이지 않는 산처럼."

타케다 신겐은 이 '풍림화산' 을 군기로 삼아 그 정신을 철저히 지켰다. 그 때문에 타케다 군단은 공수 모두 흐트러짐이 없는 강한 조직이 되었다. 그러나 싸움이란 '풍림화산' 의 마음가짐과 태세만으로 이길 수 있는 것이 아니다. 손자는 여기에 '우직의 계' 를 더하지 않으면 안 된다고 말했다.

'우직의 계'란 일부러 멀리 돌아가서 적을 안심시킨 후 적보다 빨리 목적지에 도착하는 책략을 뜻한다.

'풍림화산'의 행동 태세와 동시에 적을 속이고 혼란시켜서 불리한 상황을 유리하게 만드는 계략을 이용하면 반드시 이길 수 있다.

'풍림화산'과 '우직의 계'를 실행하려면 무엇보다도 정확하고 빠른 상황 판단이 필요하다. 특히 전장에서는 상황의 변화에 빠르고 다각적으로 대응하지 않으면 비극을 초래하게 된다.

◆ 싸움에 지면 외교로 이겨라

그럼 싸움에 졌을 때는 어떻게 하면 좋을까?

싸움에 져도 이길 수 있는 방법은 남아 있다. 바로 '싸움에 지면 외교로 이겨라'라는 전략이다.

일본인은 외교에 서툴다고 한다. 외교력을 소홀히 여긴 조직은 완전한 패배를 초래하게 된다.

제2차 세계대전 시 일본은 외교력을 이용하지 않았기 때문에 무조건 항복이라는 완전한 패배를 초래하게 되었다. 그러나 전쟁 후 전직 외교관이었던 요시다 시게루(吉田茂)가 수상의 자리에 오르자 일본 정부는 패배에서 재생하기 위해 외교력을 강화했다. 일본을 부흥시키기 위해 미국으로부터 경제적 지원을 받아 생산력의 재생을 꾀했던 것이다. 또 일본은 군사력을 미국에 양보함으로써 계속해서 경제 기반을 충실하게 다졌다. 결국 일본은 군사적으로는 패배했지만 경제적으로는 불사조처럼 되살아나 승리의 과실을 손에 넣을 수 있었다. 설령 패배한다 해도 승리자의 약점을 노려서 자신의 이익을 확보할 수 있는 것이다.

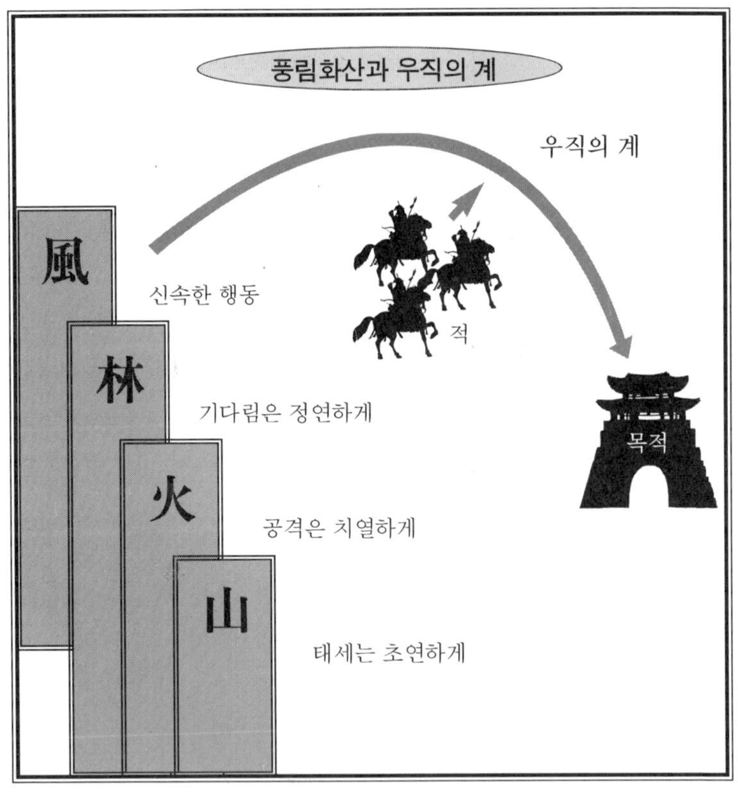

자본 제휴에 의한 기업의 연대

자본 제휴로 거래 관계를 강화한다

◆ 자본 계열과 기업의 연대

M&A는 자본 관계가 없는 기업과의 합병과 인수가 대부분이다. 그러나 일본 기업의 자회사는 모회사가 자기 자본을 투입하여 설립하는 경우가 압도적으로 많다. 즉, 자본 관계로 기업 간의 계열을 구축하는 것이다.

예를 들어 토요타 자동차에서는 최종 조립 공장의 주위에 자동차 부품 계열 공장을 배치하여 부품의 안정된 공급을 실현해 왔다.

'계열'이라고까지 불리는 강력한 거래 관계를 형성하는 것, 이것이 저스트 인 타임(Just in Time : 일괄 생산 체제)이라는 '토요타 생산 방식'을 가능하게 만들었다. 즉, 종내 일본형 기업의 많은 자본 제휴는 안정된 거래 관계를 목적으로 하는 것이었다.

그러나 세계적인 가격 경쟁이 격화되자 자본 관계가 반드시 안정된 거래 관계를 보증할 수는 없게 됐다. 계열에 관계없이 보다 싼 기업으로부터 제품을 구매하는 경향이 가속화되고 있는 것이다.

요즘에는 같은 계열의 기업에서 부품을 구매하는 것보다 경쟁 기업으로부터 부품을 사는 편이 싸다면 망설임없이 경쟁 기업의 부품을 사는 것이 보통이다. 최종 제품의 가격 경쟁력을 높일 수 있기 때문이다. 계열을 뛰어넘는 자유 경쟁 풍조가 요 수년간 가속화되고 있다.

◆ 지주회사 제도

일본의 법 규제 완화로 지주회사 제도가 해금된 후 가장 먼저 지주회사 제도를 도입한 것은 양판점 '다이에(DAIEI)' 그룹이었다. 그룹의 약화된 자금력을 강화하기 위해 지주회사 제도를 채용한 것이다.

지주회사(다른 회사의 주식을 소유함으로써 사업 활동을 지배하는 것을 주된 사업으로 하는 회사) 제도를 도입하면 자회사인 로손 주식 매각도 쉬워지며 그 결과 그룹 전체의 자금 유동성을 높일 수 있다.

최근 금융 기관을 중심으로 지주회사 제도가 적극적으로 이용되어 '미즈호 홀딩스(Mizuho Holdings)', 'UFJ' 등이 은행의 지주회사 제도에 의해 탄생했다. 이들 금융 기관의 지주회사 제도는 시간을 들여 합병하는 완만한 M&A라고 할 수 있다.

◆ 자본 투입에 의한 경영 지원

경영 파탄에 놓인 기업이 많아지자 회사 갱생법 적용으로 구제 가능한 우량 기업을 합병하려는 기업이 증가하고 있다.

'치요다 생명' 같은 대규모 보험회사의 경영 파탄은 외국 자본계 기업에 있어서는 M&A의 찬스이다.

인수 전에 채권자의 권리를 가능한 한 포기시켜 가장 싼 가격으로 일본 기업의 인수를 노리는 경우가 많다.

자본 제휴에 의한 기업 제휴의 여러 모습

자본 참가에 의한 기업의 계열화(기존 형태의 자본 제휴)

자본 관계로 기업 간의 거래 관계를 강화한다
〈특징〉
자회사가 모회사에 부품과 반완성품을 납품하는 관계가 많다. 그러나 요즘 자본 관계를 중시한 계열 간의 거래는 감소하고 계열을 무시하고 싼 곳에서 사는 경향이 커지고 있다

지주회사 제도에 의한 자본 제휴(완만한 M&A)

경영권을 확보하고 그룹 기업군을 형성. 타이밍을 살피며 기업 간의 경영 통합을 추진한다
〈예〉 미즈호 홀딩스(토야마 은행, 일본 흥업 은행, 제일 근업 은행)은 중기적인 시점으로 경영 통합되었다

자본 주입에 의한 경영 지원(최악기의 기업을 싸게 사서 재생한다)

경영 파탄을 맞은 회사를 싸게 인수, 경영 지원을 해서 경영을 다시 일으켜 세운다. 흑자화한 후 고가로 매각해서 투자 자금을 회수한다
〈예〉 미국 GE(General Electric) 社의 금융자 회사인 'GE 캐피탈' 은 경영이 안 좋은 일본 기업을 인수하고 있다

작은 이익으로 큰 이익을 얻는 연대

자본 제휴로 거래 관계를 강화한다

◆ 60%가 진정한 승리

손자병법을 배운 후 '풍림화산' 의 군단을 만들어낸 타케다 겐신은 그로 인해 큰 이익을 얻는 것, 즉 크게 승리하는 것을 늘 경계했다.

"싸움에 있어서 큰 승리란 60%나 70%로 이기는 것이다. 80%의 승리는 위험한 것이며 완승이라고 일컬어지는 90%의 승리는 이윽고 아군을 패배하게 만드는 밑거름이 된다[갑양군감(甲陽軍鑑) 의 역]."

적을 완전히 섬멸시키면 지배 지역과 인적 자원을 처음부터 다시 재건해야 한다. 따라서 60%의 승리에 머물러야만 남은 적의 힘을 아군에 편입하여 보다 큰 힘으로 만들 수 있다는 뜻이다.

완전한 승리를 추구하면 오히려 부담이 커지고 세력을 약화시킬 우려가 있다.

60%의 승리는 언뜻 생각하면 작은 이익밖에 얻을 수 없을 것 같지만 후에 큰 이익을 얻는다. 이것이 바로 '작은 이익으로 큰 이익을 얻는다'는 것이다. 작은 승리를 얻음으로써 후에 큰 이익을 얻게 된다는 뜻이다.

그러하기 위해서는 다음 세 가지 전략을 이용해야 한다.

① 강국 A와 약국 B와의 연횡(병법20항 참조)을 끊기 위해, C는 A에게 영지(이익)의 일부인 '작은 이익'을 줘서 A와 연횡한다. 그 후 C는 B의 영지를 점령하여 큰 이익을 얻는다.

② 공동으로 침략한 영지의 많은 부분을 상대에게 주고 자신들은 작은 이익에 만족한 후 기회를 봐서 큰 이익을 얻는다.

③ 병합되어 버릴 가능성이 있는 강대국에 자진해서 작은 이익을 줌으로써 현재 상태를 유지하고 이익을 지킨다.

◆ 모리 가문을 지킨 코바야카와 타카카게(小早川隆景)의 큰 이익

'모리 모토나리(毛利元就)의 3개의 화살'이라는 이야기가 있다. 모도나리는 본가의 모리 테루모토(毛利輝元), 코바야카와 타카카게, 키츠카와 모토하루(吉川元春) 이 세 아이가 힘을 합쳐서 협력하면 꺾이지 않는 화살이 될 수 있다고 주장했다.

모토나리가 몰락하고 도요토미 히데요시가 천하인이 되자 히데요시는 조카인 히데아키를 모리 테루모토의 양자로 들여보내려 했다.

하지만 히데아키를 양자로 맞아들이면 모리 가문은 히데요시에게 빼앗겨 버리고 만다. 그것을 안 오바야카와 타카카게는 모리 본가를 지키기 위해 자진해서 히데아키를 코바야카와 가문에 맞아들이고 싶다고 말했다.

히데요시는 그 제안을 받아들였고 덕분에 타카카게는 모리 본가를 지킬 수 있었다. 게다가 코바야카와 타카카게는 히데아키를 양자로 맞아들임으로써 시코쿠(四國)의 이요(伊豫)에서 지리

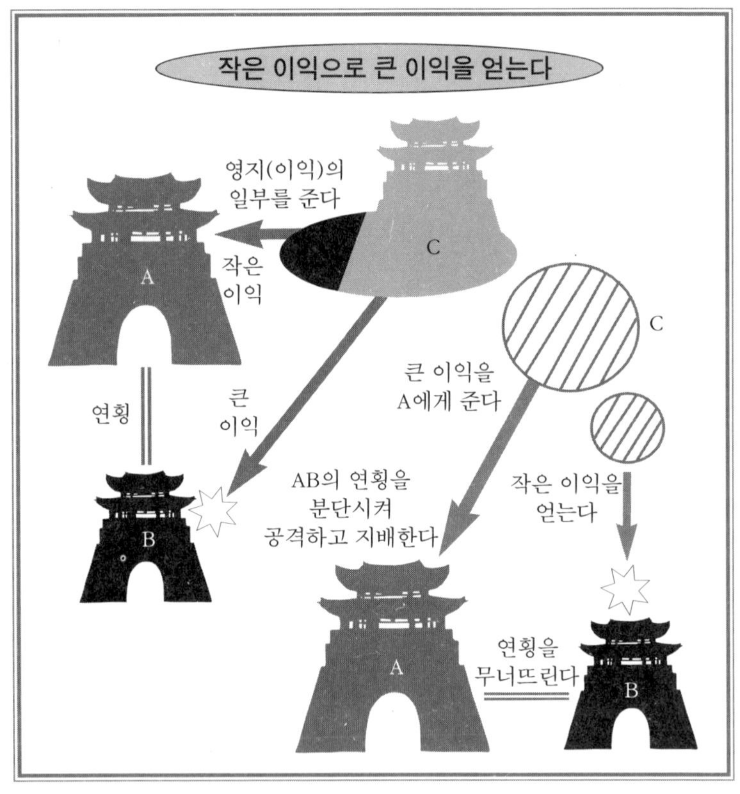

적으로 유리한 큐슈의 치쿠젠(筑前)으로 배치되었고 봉록도 늘었
다. 결과적으로는 큰 이익을 얻은 것이다.

작은 이익을 줌으로써 반드시 큰 이익을 얻는 전략을 항상 명
심해 둬야 할 것이다.

자원 집중과 전략

PPM으로 선택과 집중

PPM으로 포트폴리오(Portfolio : 투자 배분)를 분석한다

◆ PPM으로 경영 전략을 분석한다

PPM(Product Portfolio Management)은 경영 전략을 극히 논리적으로 분석하여 기계적으로 결론을 내는 수법이다.

PPM의 세로축은 시장 성장률을 나타내고 가로축은 시장 점유율을 나타낸다. 그리고 제품마다 시장 성장률과 자사의 시장 점유율 위치를 중심으로 원을 그린 것이다. 원의 크기는 매상고를 나타낸다.

이처럼 PPM을 작성하는 것은 현재의 제품 구성, 매상고, 시장 점유율을 한눈에 볼 수 있는 뛰어난 비쥬얼화 수법이라고 할 수 있다.

◆ PPM 이론으로 선택과 집중

그래프가 작성되면 각 제품이 자사에 어떤 공헌을 하고 있는지 분석해야 한다. 4분할한 왼쪽 위의 영역(Area)은 화형(花形) 제품의 제품군이다.

성장률이 높으며 시장 점유율도 높다. 이런 제품에 경영 자원을 집중하여 시장 점유율과 매상의 확대를 시도해야 한다.

왼쪽 아래의 영역은 돈이 되는 제품군이다. 성장률은 둔화되어 있지만 시장 점유율은 높은, 이른바 업계를 리드하는 입장에 있는 돈벌이의 선두주자이다. 이익을 낳는 중요한 제품군이지만

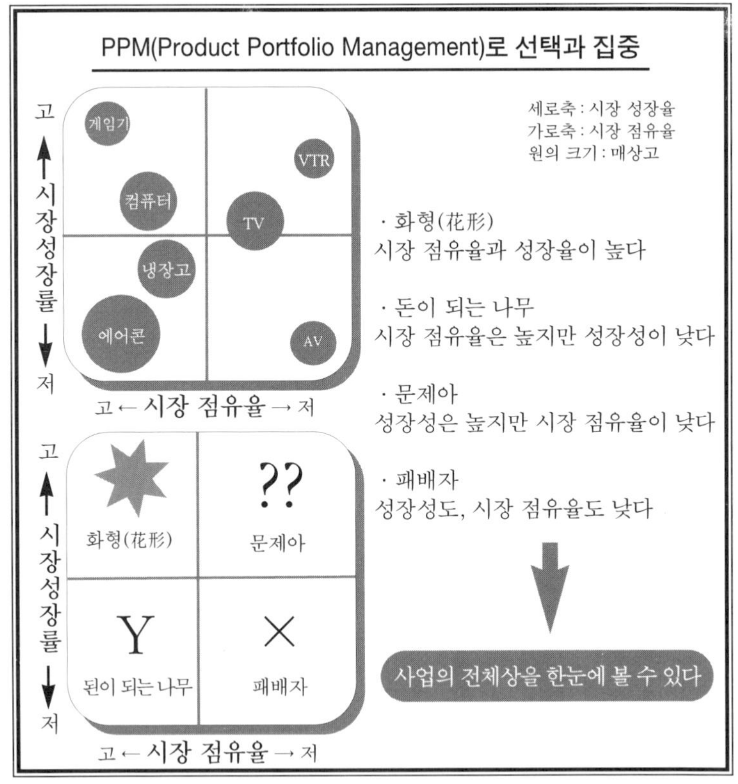

경영 자원은 적당히 집중해야 한다.

오른쪽 위의 영역은 문제아 제품군이다. 시장 성장률은 높지만 시장 점유율은 낮다. 자사가 뒤늦게 출발한 상황이기 때문에 시장 성장률 이상의 성장을 확보하지 않으면 시장 점유율은 확실히 저하해 가므로 사업의 기본적인 재구축이나 철수 등 빠른 의사 결정이 필요하다.

왼쪽 아래의 영역은 패배자 제품군이다. 시장의 성장성도 낮고 시장 점유율도 낮다. 이 영역의 제품은 적자를 거듭하는 경영의 짐덩어리 같은 존재이다. 이 영역에 있는 제품으로부터는 용기있게 철수하는 방법도 고려해 둘 필요가 있다.

◆ PPM의 한계

그러나 PPM은 경영 환경이나 회사의 역량에 대해서는 전혀 고려하지 않고 있다. 또 제품이나 사업 간의 시너지(상승) 효과 등도 분석의 대상에서 제외되어 있다. 게다가 현 시점에서의 분석일 뿐 시장 등의 장래성에 대해서도 고려하지 않는다.

더우이 PPM은 겨우 세 개의 지표(시장 성장률, 시장 점유율, 매상고)로 분석한 것에 지나지 않는다. 따라서 PPM의 분석 결과를 그대로 실제 경영에 적용하기에는 한계가 있다.

시장 진입에 필요한 여섯 가지 전략안(戰略眼)

PPM으로 포트폴리오(Portfolio : 투자 배분)를 분석한다

◆ 지형(시장 환경)에 따른 판단

경영의 전략을 보는 눈을 키워 정통해지게 하는 손자의 병법이 있다.

손자는 지형이라는 조건을 보는 눈을 키우는 것이 중요하다고 주장했다. 그 눈은 지형(시장 환경)에 따라 여섯 종류로 나뉜다[지형편(地形編)].

① 통(通) : 아군이나 적군 모두가 진격할 수 있는 사방으로 열려 있는 평탄한 지형을 말한다. 이런 곳에서는 먼저 남쪽의 고지를 점령하고 식량의 보급로를 확보하면 유리하게 싸울 수 있다.

→ 경합 시장은 선수를 취한다.

② 괘(挂) : 공격하여 나아가기는 유리하나 물러서기는 불리한 지형이다. 여기서는 적이 수비를 굳히고 있지 않으면 출격하여 승리할 수 있다. 그러나 적이 수비 태세를 취하고 있으면 공격해도

승리할 수 없으며 철수가 어렵기 때문에 고전을 면치 못하게 된다.

→ 퇴로의 확보 확인.

③ 지(支) : 길이 몇 개로 나누어져 있는 지형이다. 여기에는 사잇길이 많아 아군이나 적군이나 진공하기에는 불리하다. 일단 철수하는 척하고 적을 유인하고 사잇길을 이용하여 반격하면 적을 무너뜨릴 수 있다. 그 반대로 적의 반격으로 대패할 수도 있다.

→ 게릴라 작전의 전개.

시장 진입의 여섯 가지 전략안

一. 通 ▶ 경합 시장은 선수를 취하라

二. 挂 ▶ 시장으로부터의 퇴로를 확인하라

三. 支 ▶ 시장 게릴라전을 전개하라

四. 隘 ▶ 시장 진입의 난이도를 확인하라

五. 險 ▶ 어려운 분야의 진입은 심사숙고하라

六. 遠 ▶ 먼 지역의 시장 진입은 불리함을 각오하라

◆ 경영자에게 필요한 전략안

④ 애(隘) : 산과 산 사이의 계곡의 출구를 아군이 먼저 점거하고 출구를 엄중히 막은 채 적을 기다려 공격한다. 적은 좁은 지형 때문에 병력이 길게 분산되기 마련이다. 그때 적을 공격하면 싸움을 유리하게 전개할 수 있다. 적이 먼저 이곳을 점거하면 진공을 회피해야 한다. 하지만 출구가 막혀 있지 않다면 공격해도 좋다.

→ 시장 진입의 난이도 확인.

⑤ 험(險) : 험한 지형에서는 아군이 먼저 점거하면 반드시 양지 바른 남향에 포진하고 적을 기다려라. 만약 적이 먼저 점거하고 있다면 망설임없이 진격을 중지하고 철수하는 편이 좋다.

→ 어려운 분야에는 시장 진입을 심사숙고.

⑥ 원(遠) : 아군이 본국으로부터 원정을 나와 있을 때를 말한다. 아군과 적군의 전력이 비슷하다면 적을 도발해서는 안 된다. 멀리 나와서 싸울 경우에는 전력, 보급, 사기, 지리적 이점 면에서 적에게 뒤떨어지기 때문이다. 적은 원정을 나온 아군을 기다렸다가 만전의 태세로 공격할 수 있으므로 아군에게는 불리하다.

→ 먼 지역의 시장에 진입하는 것은 불리하다.

이 여섯 가지 전략은 지형(시장 환경)에 따른 유리한 싸움법과 불리한 싸움법의 원칙이다. 시장이라는 상황을 대하는 전략안의 출발점이라고도 할 수 있는 것이다.

구조 조정(Restructuring)으로 가벼워진 경영

시장 규모 확대를 전제로 한 경영의 한계로 구조 조정이 가속화된다

◆ 구조 조정의 목적

본래 구조 조정은 '사업의 재건(Scrap and Build)' 을 의미하는 것이다. 기존의 사업을 극한까지 효율화하고 인원을 이동하여 신규 사업에 인재를 투입하는 것이 본래의 구조 조정이다.

또 구조 조정은 기업이 적자로 전락해서 궁지에 몰렸을 때 시행하는 것은 아니다. 항상 사업의 재건을 되풀이하여 사업의 진부화를 막는 것이다. 구조 조정은 경영 효율을 추구하는 것이며 적은 경영 자원으로 성과를 최대화하는 것이 목적이다.

◆ 사업 구조 조정

기존 사업의 시장 규모가 영원히 확대된다면 구조 조정은 필요없을지도 모른다. 그러나 풀형 시장(Pull Market : 수요자 중시 시장)에서는 돈을 버는 사업과 벌지 못하는 사업의 명암이 갈리게 된다. 현재 적자 사업이며 앞으로도 흑자를 기대할 수 없는 사업이 있다면 완전 철수를 결심해야 할 필요가 있을지도 모른다. 쓸모없는 사업을 단호하게 잘라내는 것도 때론 필요한 일이다.

사업으로부터 완전히 철수하지는 않더라도 사업 규모를 축소하거나 특정 부문을 아웃 소싱하는 경우가 있다. 예를 들어 메이커가 물류 부문을 완전히 아웃 소싱하는 것도 효과적인 구조 조정이다.

◆ 자산 구조 조정

토지 가격이 하락하는 일본의 디플레이션 경제 하에서는 유휴 자산으로 사용할 전망이 없는 것은 현금화하여 부채를 상환하고 건전한 재무 체질로 전환하는 것이 필요하다.

장래성이 보이지 않는 회사의 주식을 매각하여 캐시 플로(Cash Flow : 현금 흐름)를 개선하거나, 사택이나 공장 택지 같은 유휴 자산을 유효하게 활용 또는 매각하는 것도 필요할지 모른다.

◆ 인원 구조 조정

최근 일본에서는 회사 내 실업자라고 불리던 창가족[窓際族 : 일본 경제의 저성장 시대를 맞아 고도 성장기에 대량 입사한 중·노년층

이 기업 합리화에 휘말려 창문 쪽의 한직으로 옮겨갔다]이 사어(死語)가 될 만큼 용서없는 인원 구조 조정이 횡행하고 있다. 또 사원을 정사원에서 파견 사원이나 임시직으로 바꾸는 기업도 증가하고 있다.

최근에는 경영자가 인원 절감을 쉽게 생각하는 풍조가 만연하고 있다. 일본 기업의 장점은 사원의 생활을 지켜주고 고용을 지켜주는 것이었다.

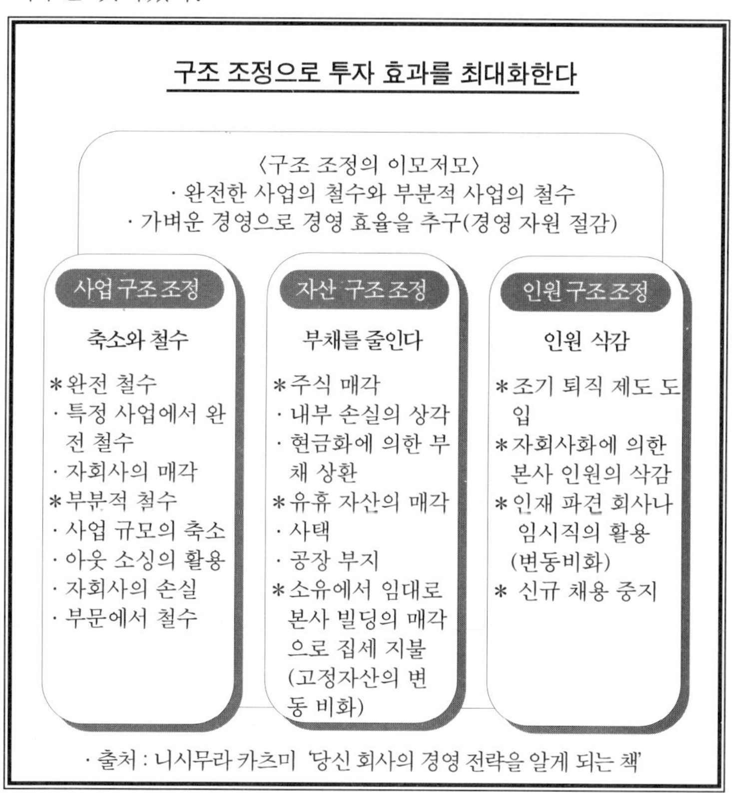

사업의 구조 조정과 병행하여 사내에 새로운 고용을 낳을 노력을 하지 않는 기업은 사원의 애사 정신을 잃게 하고 우수한 인재를 유출되게 만들어 성장력을 잃고 말 것이다.

조직이 패배하는 여섯 가지 상황

시장 규모 확대를 전제로 한 경영의 한계로 구조 조정이 가속화된다

◆ 전부 '장수의 잘못' 이다

손자는 조직이 다음 여섯 가지 상태에 빠졌을 때 패배하게 된다고 말했다.

"군대에는 달아나는 자가 있고, 해이한 자가 있고, 결함이 있는 자가 있고, 무너지는 자가 있고, 혼란한 자가 있고, 패배하는 자가 있다. 이 여섯 가지는 하늘과 땅의 재앙이 아니고 장수의 잘못 탓이다[지형편(地形編)]."

패배할 수밖에 없는 상태에는 여섯 종류가 있는데 그것은 모두 '장수', 즉 최고 책임자의 과실로 인해 발생한 것이라는 뜻이다.

① 주(走) : 아군과 적군이 병력이 대등한데도 장수가 아군 한 명으로 적의 열을 공격하라고 명령했을 때를 말한다. 이러면 수적으로 우세인 적의 공격을 받아 패배하는 결과를 낳게 된다.

② 이(弛) : 병사는 강하지만 장수나 간부가 우유부단해서 적절한 명령을 내리지 못하고 부하들을 죽게 내버려 두거나 승리할수 있는 기회를 놓치면 병사들이 사기를 잃고 패배하게 된다.

③ 함(陷) : 장수는 강하지만 병사가 약하면 장수는 자신의 힘을 과신하거나 공명심이 앞선 나머지 적의 술수에 빠져서 크게패배하게 된다.

◆ 간부의 대립에 의한 내부 붕괴

④ 붕(崩) : 현장 지휘관이 장수에게 불만을 품고 반발하거나명령에 따르지 않고 독단적으로 적과 싸울 때를 말한다. 이때 장수가 현장 지휘관의 능력과 성격을 파악하지 못하고 내부 붕괴를 일으키면 패배하게 된다.

⑤ 난(亂) : 장수가 나약하고 결단력이 없으며 명령도 철저하지못할 때를 말한다. 장수에게 통제력이 없으면 조직적인 전력을발휘하지 못하고 패배하게 된다.

⑥ 배(北) : 도주하는 것을 의미한다. 장수가 정세를 파악하지못하고 열세임에도 불구하고 적의 대부대를 공격하거나 선봉이라고 할 수 있는 정예 부대도 없이 싸움에 임하면 패배하게 된다.

◆ 애정과 엄명으로 부하를 다스려라

이 여섯 가지의 패배 상태는 모두 장수의 과실에 의한 것이다. 그러므로 장수는 책무의 중대함을 항상 명심해 두지 않으면 안 된다.

그럼 장수(최고 책임자)는 지휘관이나 병사들을 어떻게 다스리는 것이 좋을까?

"병사를 사랑하는 자식처럼 대하라[지형편(地形編)]."

장수는 부하들을 자식처럼 사랑해야 한다. 그래야만 부하들은 장수와 기꺼이 생사를 함께할 수 있게 될 것이다.

또 손자는 부하들을 사랑함과 동시에 명령은 엄격하고 철저하게 지켜야 한다고 주장했다.

조직 붕괴의 여섯 가지 상태

一. 走 ▶ 한 명의 힘으로 열 명의 적과 싸우게 한다

二. 弛 ▶ 간부가 약하고 부하가 강할 때

三. 陷 ▶ 간부가 강하고 부하가 약할 때

四. 崩 ▶ 최고 책임자와 간부가 대립할 때

五. 亂 ▶ 최고 책임자가 우유부단할 때

六. 北 ▶ 최고 책임자가 즉흥적으로 판단할 때

아웃 소싱(Out Sourcin)으로 가벼운 경영

경쟁력이 없고 차별화하기 어려운 업무를 아웃 소싱한다

◆ 아웃 소싱과 외주화

지금까지 외주란 비용이 싼 소규모 기업에 일을 하청하는 것이었다. 또 그 목적도 품질보다는 싼 가격을 최우선으로 생각하거나 자사의 업무량을 조정하는 것이었다.

그러나 아웃 소싱은 단순히 싼 가격이나 자사의 업무량을 덜기 위한 것이 아니다. 아웃 소싱이란 어느 분야에 전문성을 지니고 있으며 제품, 기술, 비용 면에서 가장 뛰어난 기업에 업무를 위탁하는 것이다.

◆ 아웃 소싱을 해서는 안 되는 업무

핵심 역량(Core Confidence)은 자사에 있어서 근간이 되는 중요한 강점이므로 타사에 모방당해서는 안 된다. 따라서 핵심 역량은 아웃 소싱해서는 안 된다. 사내에서 연구 개발비를 적극적으로 투입하여 타사에 지지 않는 수준을 유지하는 것이 중요하다.

핵심 역량 이외의 본업과 동떨어진 업무는 아웃 소싱에 적합하다. 또 대규모 투자와 자사의 핵심 역량 요소가 아닌 전문 기술은 적극적으로 아웃 소싱하는 것이 좋다. 예를 들어 대부분의 기업에 있어서 물류 부문은 아웃 소싱에 적합하다. 또 정보 시스템 부문도 최첨단을 유지하기 위해서는 전문 기업에 아웃 소싱하는 것이 좋다.

◆ 야마토 운송의 고집

핵심 역량을 아웃 소싱하지 않는 것은 매우 중요한 일이다. 예를 들어 야마토 운송의 핵심 역량은 상품을 고객에게 확실하게 전하는 운송 서비스이다. 그 때문에 야마토 운송은 배송 담당자를 아르바이트가 아닌 정사원으로 채용하고 있다. 정사원을 채용하면 인건비나 코스트가 높아지는 반면 충실한 사원 교육을 할 수 있고 책임감을 육성하기도 쉽기 때문이다.

◆ 아웃 소싱은 전문 기술이 높은 기업에 맡겨라

아웃 소싱은 전문성이 높고 신뢰할 수 있는 기업에 위탁해야 한다. 최근에는 물류 업무의 아웃 소싱이 많아지고 있다. 지정된 일시에 확실하게 상품을 전달하는 것이 물류 전문업자의 장점이다.

따라서 아웃 소싱을 하려면 안심하고 맡길 수 있는 기업을 선택해야 한다. 단순히 단가가 싸다는 이유로 아웃 소싱할 기업을 선택했다가는 오히려 자사의 신용을 떨어뜨릴 수도 있다.

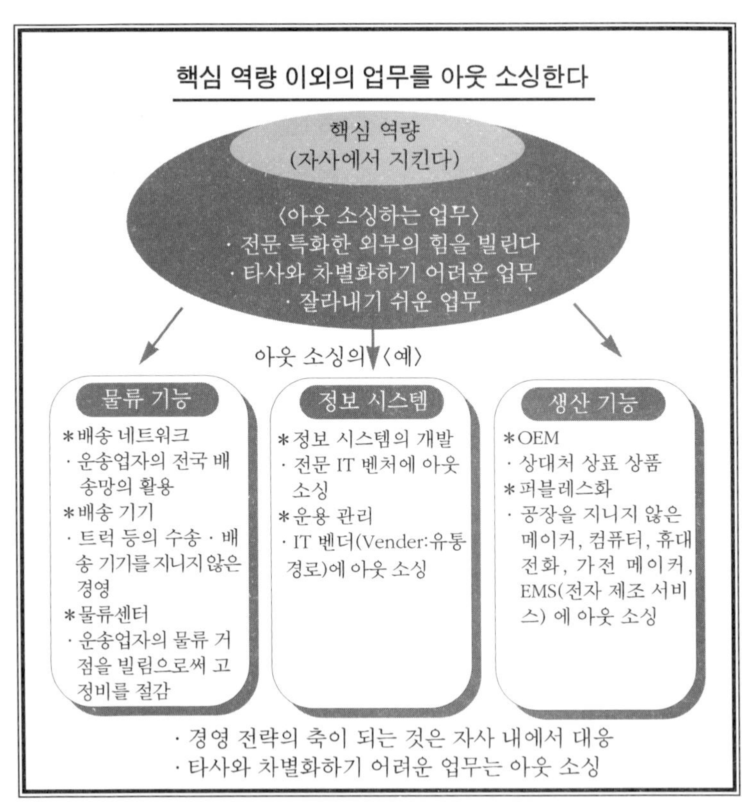

분담하여 통솔하는 조직 운영

경쟁력이 없고 차별화하기 어려운 업무를 아웃 소싱한다

◆ 개인보다는 전체의 노력을 중시하라

손자는 한 사람보다 조직 전체의 노력을 중시하라고 말했다.

"전쟁에 능한 자는 무엇보다도 먼저 기세를 타는 것을 중시하고 한 사람 한 사람의 움직임에 과도한 기대를 걸지 않는다[병세편(兵勢篇)]."

싸움을 잘하는 자는 군 전체가 기세를 타는 것을 무엇보다도 중시하고 개개인의 싸움에는 과도한 기대를 걸지 않는다. 그 때문에 개개인의 움직임에 연연하지 말고 전체의 힘을 정리하여 기세를 탈 필요가 있다.

전쟁은 기세를 타는 것을 중시하고 한 사람 한 사람의 움직임에 과도한 기대를 걸지 않는 것이다.

개개인보다 전체를 중시하여 기세를 타기 위해서는 집단의 구성과 활용법을 잘 파악해야 한다. 대집단을 움직일 경우 모두를 명령에 굴복시키는 것은 무리다.

큰 집단은 유지하는 데 막대한 비용이 드는 데다가 결속력이 부족한 경향이 있다. 따라서 그보다는 개개인의 힘을 특기 분야별로 구성하여 전체를 정리하는 것이 좋다.

◆ 도쿠카와 이에야스의 인재 활용법

도쿠카와 이에야스는 인재 활용법에 대해 다음과 같은 명언을 남겼다.

"인재를 활용하는 것은 그 사람의 재능과 장점을 취하는 것이다. 사람은 각자 재능을 지니고 있다. 그 개개인의 재능을 잘 짜 맞춰서 조직을 만능으로 만들어라. 왜냐하면 한 사람은 전능하지 않기 때문이다['명장언행록(名將言行錄)' 의역(意譯)]."

인재를 활용하기 위해서는 그 사람의 뛰어난 부분을 채용하고 다른 사람으로 단점을 보충해야 한다. 이런 식으로 각 개인의 장점을 짜 맞추면 만능에 가까운 조직을 만들 수 있다.

바꿔 말하자면 비슷한 종류의 능력을 지닌 인재만을 뽑으면 그들이 지닌 결점은 조직의 약점이 되어 조직 전체의 기능을 손상시켜 버린다는 것이다. 따라서 만능에 가까운 조직을 만들기 위해서는 이질적인 능력을 잘 짜 맞추는 것이 중요하다.

설령 모든 분야에 만능인 사람이 있다 해도 그 기세는 하나이다. 열 사람의 장점을 모아 만능으로 만들면 그 기세는 열 이상이 되는 것이다.

◆ 중심 조직과 기능 분화의 조직 활용

도쿠카와 이에야스는 조직을 기능 분화(機能分化)시키는 능력
이 매우 뛰어난 인물이었다.

이에야스는 전쟁의 중심이 되는 군대의 조직을 무공파(武功派)
라고 불리는 역전의 용사로 구성하고 행정 부문에는 정략에 능
한 문사파(文史派)를 기용했다. 또 정보 부문에는 닌자 집단을 기

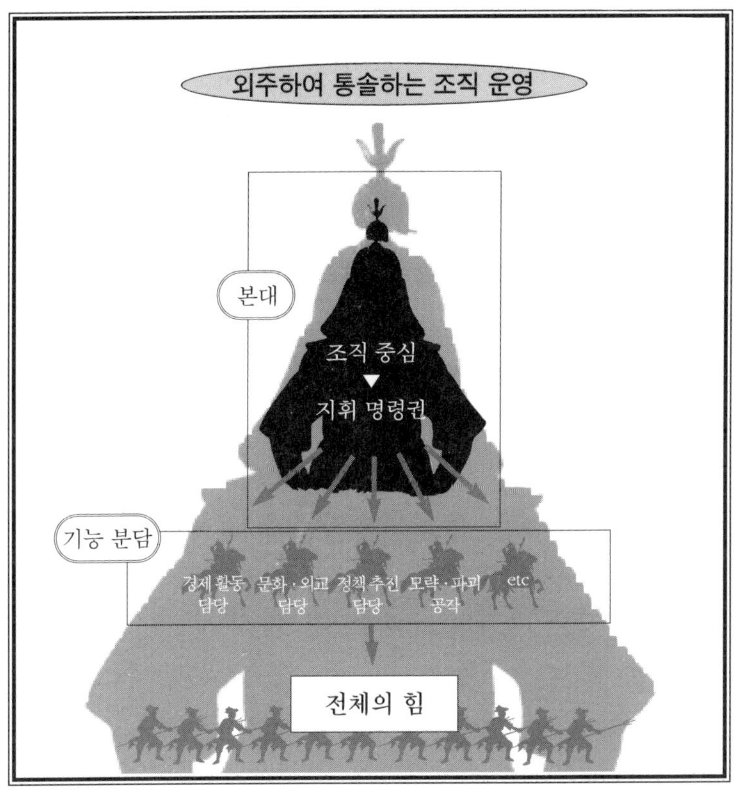

용하고 경제 부문에는 상인을 기용하여 도쿠카와 가문 전체를 안정된 조직으로 만들었다.

이것이 도쿠카와 이에야스의 힘이 되었다.

STP 마케팅으로 타깃을 명확화한다

타깃을 명확히 하라

◆ STP 마케팅

마케팅은 판매를 위한 경영 전략이다. 또한 보다 많은 물건을 팔 수 있는 구조를 만드는 전략이라고 바꿔 말할 수 있다.

셀링(Selling)은 판매를 말한다. 영업력 강화란 셀링의 개념으로 제품과 서비스가 어느 정도 결정되면 그 후에는 그것을 어떻게 팔 것이냐에 모든 관심이 집중되기 마련이다.

STP 마케팅은 전략적인 마케팅으로써 세그먼테이션(Segmentation), 타깃팅(Targeting), 포지셔닝(Positioning)의 항목을 분명히 하는 것이다.

◆ 세그먼테이션(S)

먼저 세그먼테이션(분할)을 분명히 해야 한다. 세그먼트(구획)를 구분하는 방법은 기업의 비전과 목표, 업종, 업무 기능에 따라 다르다. 시장 세그먼트를 어떻게 구분하느냐는 그 기업의 전략 자체라고 할 수 있다.

시장을 세그먼테이션하는 시점에는 지리적 조건, 인구 통계(연령, 성별, 소득), 라이프 스타일이 있다. 또 행동적 세그먼테이션(구매 동기, 편익성 추구, 사용 빈도), 로열티 등도 세그먼테이션의 시점으로 쓰인다. 예를 들어 벤츠의 시장 세그먼테이션은 소득, 사회 계층, 로열티에 주목한 것이다.

◆ 타깃팅(T)

그 다음으로는 세그먼테이션을 근거로 타깃 시장으로 잡을 세그먼트를 선택하지 않으면 안 된다. 선택의 평가 척도는 '세그먼트의 규모와 성장성', '세그먼트의 구조적 매력도', '회사의 목표와 자원' 이다.

타깃 시장으로 잡는 세그먼트의 선택은 투입이 가능한 경영 자원의 크기에 따라 다양하게 나누어진다. 하나의 세그먼트로 철저하게 시장 지위를 얻는 전략도 있고 복수의 세그먼트를 선택하는 전략도 있다. 어느 것을 선택하느냐는 마케팅의 성패를 결정짓는 중요한 선택인 것이다.

◆ 포지셔닝 전략(P)

포지셔닝이란 타깃 고객에게 기업의 매력적인 '차별화' 를 인지시키는 활동이다. 포지셔닝에 의해 CI(Corporate Identity)를 확립시킬 수 있다.

무엇을 차별화할 것인가도 중요한 전략이다. 예를 들면 제품이나 서비스, 사원, 이미지 등의 차별화가 있다.

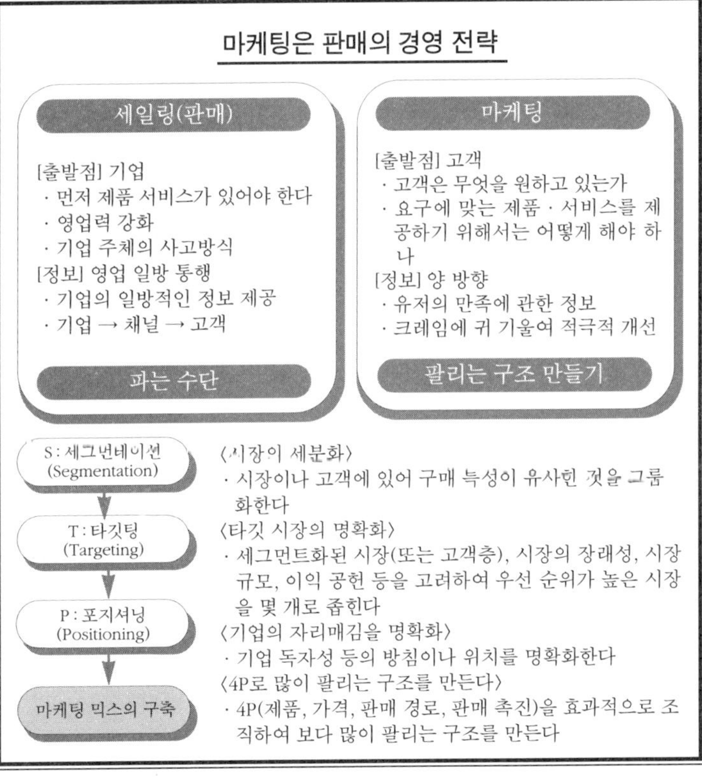

공격에는 구심력(求心力)이
수비에는 이심력(離心力)이 작용한다

타깃을 명확히 하라

◆ 승산을 세우는 다섯 가지 요소

손자는 전쟁의 승패는 아군과 적군을 비교하는 다음 다섯 가지 요소에 의해 결정된다고 말했다[군형편(軍形編)].

① 도(度) : 국토(시장)의 넓고 좁음을 비교하는 것.

② 양(量) : 자원(자본)의 많고 적음을 결정한다. 이에 의해 투입해야 할 물량이 결정된다.

③ 수(數) : 동원해야 할 병력 수(인원 수)의 많고 적음을 결정한다.

④ 칭(稱) : 전력(능력)의 강약을 결정한다.

⑤ 승(勝) : 싸움의 승패를 결정한다.

승리하는 군대(조직)는 이 다섯 가지 단계를 충분히 비교한 끝에 '이길 수 있다'는 승산을 갖게 되는 법이다.

손자는 이렇게 말했다.

"승병(勝兵)은 일(鎰)로써 수를 다는 것과 같고, 패병(敗兵)은 수로써 일을 다는 것과 같다[군형편(軍形編)]."

또 이런 말도 있다.

"그러므로 승리하는 군대는 일을 견주는 것과 같다. 승리하는 자의 싸움은 마치 가득 차 있는 봇물을 천길이나 되는 골짜기에서 터놓는 것과 같은 형세이다[군형편(軍形編)]."

◆ 목표의 명시로 전진하라

승산이 있는 데도 전진하지 않고 수비에만 치중하면 어떻게 될까?

'야마가류 병법'을 창시한 에도 시대의 병법가인 야마가 소코우는 전진하는 움직임은 '양(陽)'이요, 움직임없이 수비하는 것은 '음(陰)'이라고 주장했다. 또 '양'과 '음'은 서로 연동하는 것이며 적극적인 행동(양)이 있어야만 수비(음)가 발생한다고 했다.

'양'은 플러스 지향, '음'은 마이너스 지향이라고 생각할 수 있다. 인간의 심리와 행동도 음과 양으로 구성되어 있는데, 여러 사람이 모여서 집단을 이루면 사람들은 플러스 지향을 추구하게 된다.

그 때문에 적극적인 공격은 사람들의 마음을 공격 목표로 향하게 만드는 구심적인 작용을 지니고 있다. 반대로 기다리기만

하는 수비는 사람들의 마음을 뿔뿔이 흩어지게 하는 이심적인 작용을 지니고 있다.

게다가 공격에 의한 구심 작용은 성과가 올라갈수록 더욱 높아진다. 반대로 수비로 인해 한 번 이심 작용이 발생하면 집단의 결속력은 붕괴되고 만다.

목표를 분명히 정하고 전진하면 구심력은 높아질 것이다.

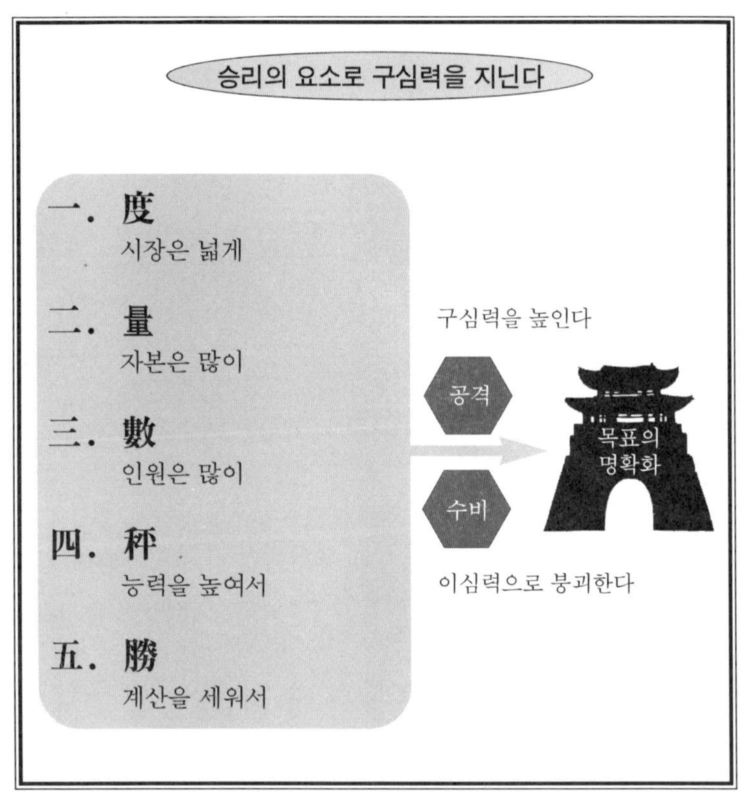

마케팅 믹스(Marketing Mix)로
효율적인 판매 구조를 만든다

타깃 시장에 4P를 잘 편성하여 효율적인 판매 구조를 만든다

◆ 마케팅 믹스(Marketing Mix)

STP 마케팅으로 타깃 시장을 분명히 한 후에는 마케팅 믹스를 이용하여 효율적인 판매 구조를 만들어야 한다.

마케팅 믹스는 '제품(Product)', '가격(Price)', '판매 경로(Place)', '판매 촉진(Promotion)'을 잘 조합하여 최대의 효과를 올리는 마케팅 수법이다 4P 중 어느 하나라도 빠뜨리면 효율적인 판매 구조는 구축할 수 없다.

◆ 제품(Product)

제품을 만드는 데 있어서의 주안점은 무엇을 만들면 팔릴까이다. 즉, 상품 기획에 의해 어떤 제품을 만들지 결정하는 것이다. 프로덕트는 마케팅의 출발점이라고도 할 수 있다.

프로덕트는 제품의 품질, 종류, 디자인, 사양, 브랜드 명, 패키지 등의 내용을 구체적으로 정의하는 것이다.

◆ 가격(Price)

프로덕트가 결정되면 얼마에 팔지를 결정해야 한다.

프라이스의 주안점에서는 얼마라면 팔릴까라는 고객의 '가격 감각'이 중요하다.

생산 비용으로 결정하는 것은 아니다. 가격은 시장과 소비자의 줄다리기로 결정되는 것이다.

최근 오픈 가격이 증가하고 있는 것은 고객이 제품의 가치와 가격을 결정하는 시대(풀형 시장)가 되었기 때문이다.

◆ 판매 경로(Place)

플레이스란 판매 경로와 유통 경로를 뜻한다. 플레이스는 어디서, 누구에게, 무엇을 파느냐를 결정하는 것이다. 생산자로부터 고객까지의 채널을 어떻게 구축하느냐가 반드시 필요하다.

구체적으로 플레이스란 채널, 운송, 재고, 범위, 물품 구비, 판매 장소 등을 효과적으로 만들기 위한 시책을 결정하여 실행하는 것이다.

◆ 판매 촉진(Promotion)

효과적인 프로모션을 하지 않으면 고객의 인지를 받을 수 없다.

　프로모션의 시점은 광고, 판매원 활동, 판촉 활동 등 고객에게
정보를 전하는 것이다. 특히 광고의 역할이 중요하다.

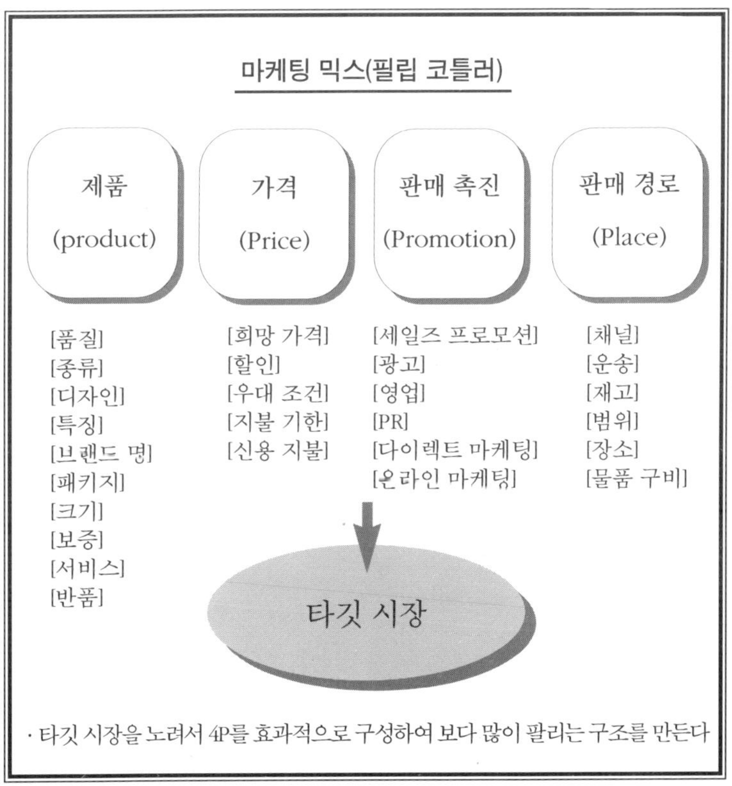

이길 수 있는 구조를 생각하라

타깃 시장에 4P를 잘 편성하여 효율적인 판매 구조를 만든다

◆ 승리한 후에 싸워라!

이기기 위해서는 싸우기 전에 미리 이길 수 있는 태세를 정비한 후 전략을 생각해야 한다.

'손자병법'에는 이런 말이 있다.

"이기는 군대는 먼저 이기고서 그 후에 싸우고, 지는 군대는 먼저 싸우고서 그 후에 이기려 한다[군형편(軍形編)]."

'이긴 후에 싸운다'란 먼저 이길 수 있는 태세와 전략을 정비한 후 싸움에 임하는 것이다. 반대로 '싸운 후에 이긴다'란 이길지 질지 알 수 없는 상태에서 싸움에 임하는 것이다.

뛰어난 지휘관은 충분한 작전을 세우고 만반의 준비를 한 후 싸움에 임한다. 이런 지휘관을 명장(名將)이라고 한다.

한편 우장(愚將)이나 범장(凡將)이라 불리는 자는 완벽한 작전을 세우지 않고 즉흥적인 기분으로 싸우며 승리를 추구한다. 그

때문에 때때로 이기기는 하지만 그 승리는 결코 오래가지 못한
다. 왜냐하면 '이긴 후에 싸우는 것', 즉 싸워서 이긴 후의 일까
지는 생각하고 있지 않기 때문이다. 싸운 후의 태세와 전략을 생
각하고 앞을 내다보며 싸우는 것, 그것이 '승리의 방정식' 이다.

◆ 오다 노부나가의 '승리의 방정식'

오다 노부나가가 타케다 카츠요리를 격파한 나가시노 전투에

대해서는 앞에서도 언급했는데, 노부나가는 이 전투에 임하기 전에 '이긴 후에 싸우는 것'을 생각하고 있었다.

타케다 카츠요리가 이끄는 기마 군단은 아버지인 신겐 이래 가장 강력한 군단으로, 정면으로 맞서면 아무리 병력이 앞선다 해도 패배할 가능성이 높았다.

노부나가는 이 기마 군단을 막으려면 말의 돌입을 저지하는 마방책을 만들고 그 안에서 철포로 공격할 수밖에 없다고 생각했다.

그 때문에 노부나가는 결전장에 도착하기 전에 마방책을 만들 목재와 노끈을 준비했다. 철포는 부하인 부장과 협력자로부터 제공받아 3천 정을 모았다고 한다. 물론 철포를 다루는 병사도 집합시켰다.

또 적이 철포에 탄환을 넣는 틈에 돌입할 수 없도록 철포대를 3조로 나눠서 빠르게 사격할 수 있도록 했던 것이다.

그 결과 타케다의 기마 군단은 계속해서 돌입을 되풀이하다가 궤멸했고 타케다 카츠요리는 패배하고 말았다. 전쟁이 끝난 후 노부나가는 동맹을 맺어 싸운 도쿠카와 이에야스에게 스루가(駿河)의 경영을 맡겨서 동방으로부터의 위협을 막았다.

노부나가는 '이긴 후에 싸운다'는 생각으로 승리했고 카츠요리는 '싸운 후에 이긴다'는 생각 때문에 패배했던 것이다.

6장

조직력과 매니지먼트

왜 조직을 만드는가

기업의 영원한 존속을 전제로 조직이 만들어진다

◆ 고잉 콘선

기업이 주식이나 어음을 발행할 수 있는 것은 기업이 영원히 지속된다는 암묵의 전제가 있기 때문이다. 이것을 '고잉 콘선 (Going Concern)' 이라고 한다.

기업이 고잉 콘선을 전제로 함으로써 기업의 경영 기반을 강화하는 행동이 발생한다. 예를 들어 기업의 신용 향상은 경영 존속에 반드시 필요하다. 기업의 신용이 높아지면 그 기업에 장기적인 이익을 준다. 또 기업이 막대한 비용을 투자하여 브랜드 전략에 힘을 쏟는 것도 고잉 콘선을 전제로 하고 있기 때문이다.

더욱이 고잉 콘선을 전제로 함으로써 기업은 고객에게 불이익을 줄 수 없게 된다. 예를 들어 사기(詐欺) 상법을 이용하면 기업의 신용이 실추되기 때문에 기업은 공정한 거래를 하도록 유의

하는 것이다.

◆ 왜 조직을 만드는가

기업이 고잉 콘선을 전제로 하고 있는 이상 기업에 끝날 때가 정해진 수명이 있어서는 안 된다. 인간은 나이를 먹으면 언젠가는 죽는다. 그러나 기업은 조직을 만들고 정년제 등을 도입하여 구성원인 사람을 바꾸면 이론적으로는 고잉 콘선이 가능해진다. 그 때문에 회사는 조직을 만드는 것이다.

인간에게는 특기 분야와 서툰 분야가 있어 특기 분야에 맞게 적재적소에 배치시켜 업무를 맡기면 보다 능력을 발휘할 수 있게 된다. 그렇게 조직을 만들어 철저하게 역할 분담을 하면 조직의 전문성을 높일 수 있고 그 결과 기업의 경쟁력을 높이게 되는 것이다.

◆ 조직을 세분화시키는 관리 한계

조직은 계층적으로 세분화된다.

대기업이 될수록 조직의 계층은 증가한다. 조직이 세분화되는 이유는 인간의 관리 한계(Span of Control) 때문이다.

관리 한계란 한 인간이 타인을 동시에 관리할 수 있는 것은 여섯 명뿐이라는 원칙이다.

이런 관리 한계를 보충하기 위해 조직은 세분화되는 것이다. 부하 직원들을 통제하고 철저한 업무 명령과 업무 수행을 이루기 위해서는 많은 부하 직원을 동시에 거느리기는 어렵다. 따라서 중간 관리자를 둠으로써 조직을 세분화하여 매니지먼트력을 강화하는 것이다.

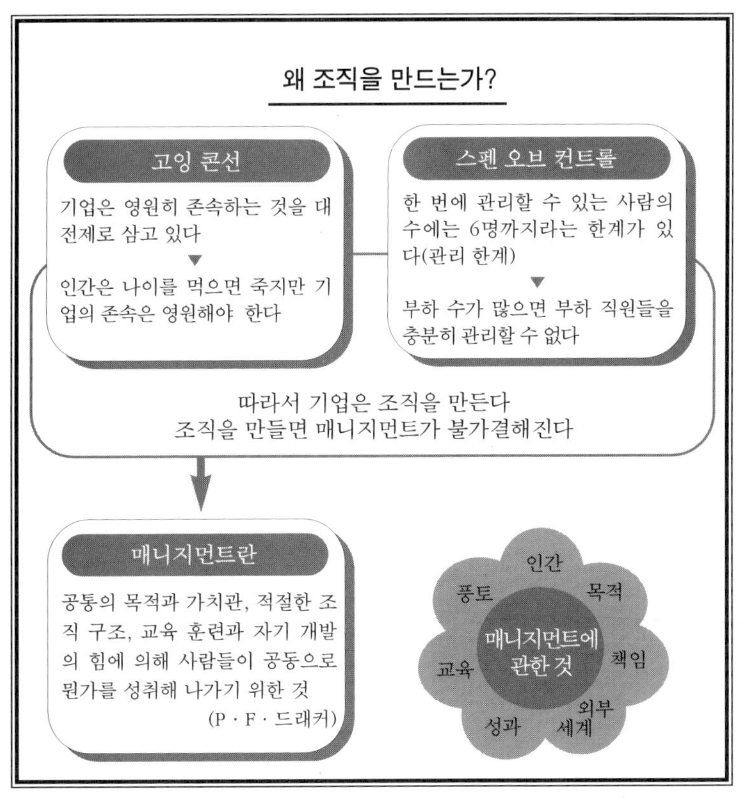

소조직의 이점으로 대조직을 움직인다

기업의 영원한 존속을 전제로 조직이 만들어진다

◆ 대조직의 결점과 소조직의 이점

조직이 커지면 아무래도 비대해짐에 따른 결점이 발생하기 마련이다. 그 결점으로는 다음과 같은 것들을 들 수 있다.

① 명령이 철저해지기 어렵다.

② 기민한 행동을 취하기 어렵다.

③ 단합이 어렵다.

④ 내부 대립이나 파벌 싸움이 발생하기 쉽다.

⑤ 명령에 따르지 않는 자나 배신자가 생기기 쉽다.

한편 작은 조직의 이점은 앞서 말한 다섯 가지의 반대로, 이 작은 조직이야말로 조직 구성의 원점이라고 할 수 있다.

① 명령이 철저하기 쉽다.

② 기민한 행동을 취하기 쉽다.

③ 상하 모두 일체감을 지니기 쉽다.

④ 배신자는 곧 알 수 있다.

⑤ 사활을 함께하기에 용감하게 싸운다.

큰 조직에 필요한 것은 작은 조직의 이점을 살려서 조직 전체를 소조직 단위로 편성하는 것이다.

손자는 다음과 같이 말했다.

"무릇 많은 군사를 다스리기를 적은 군사를 다스림과 같이 함은 바로 '분수(分數)'요, 많은 군사를 싸우게 하는 것을 적은 군사가 싸우는 것같이 함은 바로 '형명(形名)'이다[병세편(兵勢篇)]."

'분수'란 조직과 편성을 뜻한다. 대조직을 통솔하여 모든 힘을 발휘하게 만들려면 소조직 단위가 확실하게 편성되어 있어야 한다.

'형명'이란 조직의 지휘 계통을 뜻한다. 대조직을 소조직처럼 기동성있게 싸우게 하려면 지휘 계통이 확립되어 있어야 한다.

◆ 소조직 단위의 편성과 훈련

어떤 조직이라도 소조직을 확실하게 편성해야 한다. 그 소조직을 합체시켜서 움직이면 강력한 조직이 되는 것이다. 그리고 대조직을 움직일 때에는 모범이 되는 소조직을 움직여야 한다.

타케다 겐신은 미카타가하라(三方ヶ原) 전투에서 도쿠가와 이에야스를 격파하고 대승을 거뒀다. 이때 겐신은 2만 5천의 병사

를 움직여서 이에야스의 1만 병사를 상대했다.

겐신은 대군이라고 교만하지 않고 어디까지나 소부대를 움직이듯 대군을 지휘했다.

겐신은 먼저 이에야스의 공격을 유도하기 위해 일렬로 진군하는 '긴 뱀'의 진형을 취했다. 그러다가 이에야스가 공격을 해오자 곧 물고기의 비늘처럼 밀집한 '어린(魚鱗)'의 진형으로 바꾸었다.

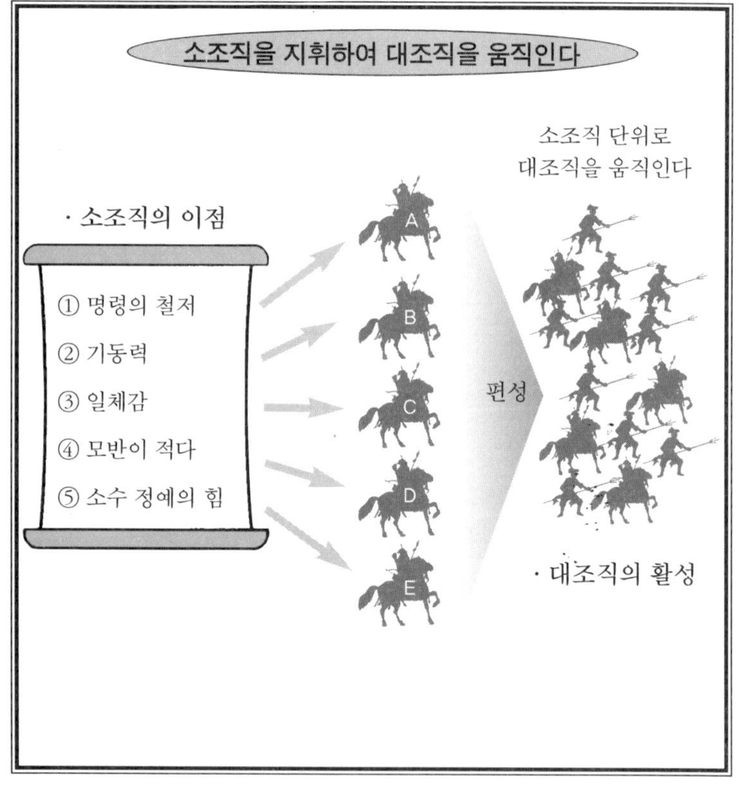

  2만 5천이나 되는 병사의 진형을 순식간에 바꿀 수 있었던 것
은 소부대가 각각 엄격하게 훈련되어 명령이 철저하게 지켜졌기
때문이다.

조직의 결속력을 높이는 경영 전략(대의명분)

많은 인력을 통합하려면 공통의 목표인 경영 전략이 반드시 필요하다

◆ 공통의 목표가 조직의 결속력을 높인다

조직에는 다양한 사고방식과 가치관을 지닌 사람들이 있다. 또 일에 열심인 사람과 그렇지 않은 사람도 있다. 이런 사람들의 의욕을 높이고 힘을 모아서 기업의 업적에 공헌하게 하려면 어떻게 해야 할까?

어린 시절의 운동회나 학원제를 떠올려 보자.

학원제 날짜가 결정되면 학원제 실행 위원회가 결성되고 학교 전체가 하나가 되어 학원제 준비에 착수할 것이다.

조직의 결속력을 높이기 위해 꼭 필요한 것은 공통의 목표이다.

공통의 목표가 있으면 조직의 결속력이 높아지며 조직의 멤버들도 약간의 고생은 신경 쓰지 않게 된다.

◆ 사회 정의와 대의명분(大義名分)이 조직의 결속력을 높인다

공통의 목표로 조직의 결속력을 높이기 위해서는 그 목표가 사회 정의로 인지된 것이어야 한다. 만약 그 목표가 부정한 것이라면 조직의 구심력은 높일 수 없다.

경영 이념의 본질을 '사회를 위해 이뤄야 할 사명'으로 정의해야만 조직의 구심력을 높일 수 있는 것이다.

대의명분도 조직의 결속력을 높여서 조직을 하나로 만든다.

일본의 메이지유신이 대의명분으로 승리를 쟁취했다는 것은 잘 알려진 사실이다.

경영 전략은 기업의 대의명분으로 경영 전략을 달성하는 것은 조직 내에서도 높이 평가받는다.

미국은 다양한 인종과 다양한 종교를 지닌 사람들이 모여 있는, 그야말로 인종 전시장이다. 따라서 국민들의 사고방식과 가치관도 상상을 초월할 만큼 제각각이다.

그러한 미국의 국민을 하나로 결속시키는 것은 공통의 목표이다.

그 목표가 국민들에게 사회의 정의와 일치하는 대의명분으로 받아들여질 때 국가는 경제를 이끄는 힘을 발휘하게 된다.

예를 들면 NASA(아메리카 항공 우주국)의 아폴로 계획은 미국 전 국토를 관심과 감동의 소용돌이로 몰아넣었다. 그리고 2001년 9월 11일 동시 다발한 테러 사건은 미국의 성조기가 매진될 정도로 국민들에게 애국심을 불러일으켰다.

조직의 결속력을 높이고 조직의 잠재 능력을 이끌어내기 위해서도 경영 전략의 목표는 반드시 필요한 것이다.

이해 대립을 뛰어넘는 대의명분

많은 인력을 통합하려면 공통의 목표인 경영 전략이 반드시 필요하다

◆ 지장(智將)은 이해(利害)의 양면을 생각한다

뛰어난 리더는 사물을 결코 단순하고 평면적으로 생각하지 않고 반드시 행동에 따르는 이익과 손실을 입체적으로 생각하는 법이다.

'손자병법'에는 이런 말이 있다.

"이런 까닭으로 지혜로운 자의 생각에는 반드시 이로움과 해로움이 섞여 있다[구변편(九變篇)]."

이익을 생각할 때 손해가 되는 측면도 함께 생각하던 일은 반드시 성공하기 마련이다. 또 손해를 받아들일 때 그로 인한 이익을 고려하면 섣불리 불안에 빠지지 않게 된다. 따라서 라이벌과 싸울 때에는 다음과 같은 사실을 명심해야 한다.

① 적의 손실을 강요하는 작전을 취해 굴복시킨다.

② 일부러 사건을 일으켜서 적의 체력을 소모하게 만든 후 굴

복시킨다.

③ 적에게 이익을 주고 아군으로 끌어들인다.

이른바 적에게 이득을 줘서 굴복시키는 것이다. 그러나 이해만으로는 아군도 적군도 움직일 수 없을 경우, 어떻게 하면 좋을까.

그럴 때에는 공통의 목표인 ‘대의’와 ‘명분’을 세우는 것이 좋다. 대의와 명분은 행동의 정당성을 어필하는 것이다. 그로 인해 아군은 이해를 뛰어넘어서 강하게 결속하고 적은 흐트러지게 된다.

◆ 이합집산(離合集散)을 막는 큰 싸움

이해에 의해 이합집산을 되풀이하는 것은 세간의 상식이다. 또 이것을 막고 다시 결집시키는 것이 대의이며 명분이다. 그러나 대의명분에 이렇다 할 보편성이 있는 것은 아니다.

대의명분이란 시대와 상황에 따라 변하는 것이다. 그 때문에 조직 전체가 납득할 수 있고 여론의 지지를 받을 수 있는 대의명분은 눈에 보이지 않아도 커다란 힘이 되어 적에게 강력한 압력을 가한다.

오다 노부나가가 다른 적보다 빨리 교토에 도착해서 실권을 쥘 수 있었던 것은 무로마치(室町)의 장군인 아시카가 요시아키(足利義明)를 옹립했기 때문이었다.

장군가의 부활은 당시 국민들의 절실한 바람이었다. 힘있는 장군이 일어서면 전란이 끝날 거라고 기대했던 것이다. 노부나가는 장군가의 부활이라는 대의명분을 세움으로써 주위의 협력을 얻어 교토를 정복했다. 아시카가 요시아키를 옹립하지 않았더라면 노부나가가 교토에 도착하기까지는 많은 세월이 걸렸을 것이다.

그러나 노부나가는 요시아키 장군이 쓸모없어지자 천하를 통일하여 전란을 평정한다는 대의명분을 내세워 요시아키를 추방했다. 여론은 그 대의명분을 지지했고 그것은 목적 달성을 위한 거대한 에너지가 되었다.

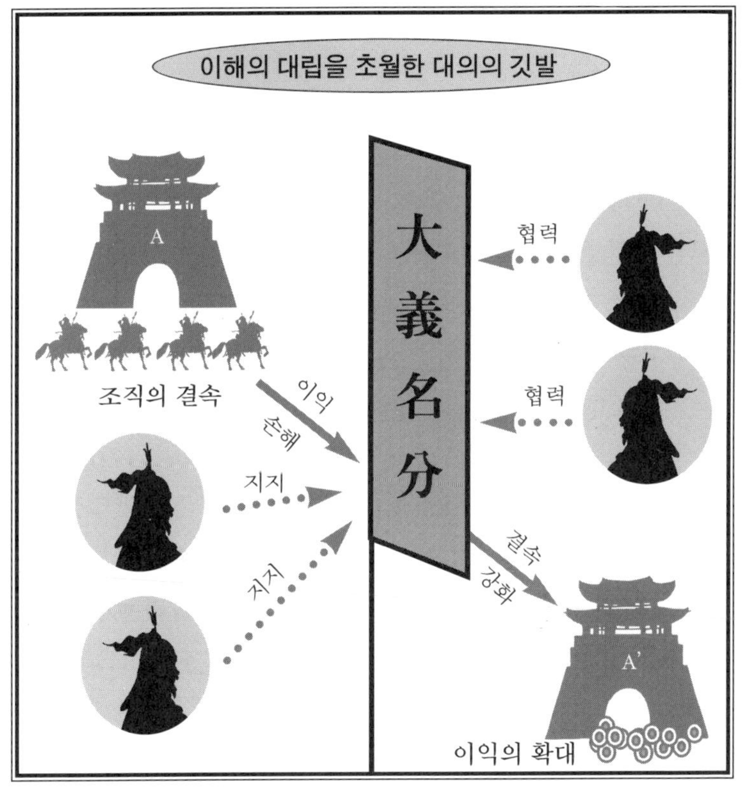

계층 조직의 특징

◆ 명령 계통 일원화의 원칙

경영의 원칙 중에는 '명령 계통 일원화의 원칙' 이라는 것이 있다. 만약 복수의 상사가 있어서 각 상사로부터 제각각 업무를 부여받는다면 사원들은 상사들에게 휘둘리게 될 것이다. 또 모순된 업무 명령을 동시에 내리는 경우도 있을 것이다.

명령 계통 일원화의 원칙은 일관된 업무 명령을 유지하기 위한 기본 원칙이다.

직속 상사는 한 명이어야 한다. 만약 중역이 중간 관리직을 무시하고 사원에게 직접 업무 명령을 내리면 어떻게 될까? 부장이 설자리는 없어지게 될 것이고 과장 또한 중역과 부장의 의견이 다를 경우 어떻게 대처하면 좋을지 알 수 없게 될 것이다.

중간 관리직의 역할은 직속 상사의 업무 명령을 세분화하여 부하에게 전하는 것이다. 그래야만 책임과 권한의 일관성이 유지되어 건전한 조직 운영을 할 수 있다.

오너 기업의 대부분은 이 명령 계통 일원화의 원칙을 머리로는 이해하면서도 일상 업무에서는 이것을 무시하고 있다. 사장이 직접 과장급 이하에게 명령을 내리는 경우도 있다고 한다. 이런 기업에서는 중역과 중간 관리직 모두가 권한을 잃고 무기력해지기 마련이다. 또 부하 직원이나 중간 관리직이 사장의 명령을 우선하게 됨으로써 중역 등의 간부는 권위를 잃게 된다.

◆ 계층 조직은 연결핀이다

계층 조직의 원형은 군대의 조직이다. 조직도 군사 전략의 영향을 받고 있는 것이다. 계층 조직은 연결핀과 흡사하다. 연결핀에 해당되는 것이 각 부문의 장(長)이다. 그러므로 부장과 과장 등이 연결핀에 해당되는 것이다.

조직은 연결핀을 중심으로 추처럼 좌우로 흔들린다. 이 흔들림은 하위 연결핀과 직속 연결핀(상사)의 의견과 방침이 다를 때 흔들리게 된다. 직속 연결핀과 하위 연결핀의 의견과 방침이 같으면 흔들림의 폭은 작아진다.

연결핀이 의미하는 것은 두 가지이다.

첫 번째는 직속 연결핀과 크게 다른 의견과 방침은 받아들여질 수 없다는 것, 즉 상사의 명령을 무시한 행동에는 강제력이 자동적으로 발생한다는 것이다.

두 번째 상위 연결핀의 흔들림은 하위 연결핀에 증폭되어 전

달된다는 것이다. 예를 들어 사장이 변덕스럽게 방침을 바꾸면
하위 연결핀은 크게 흔들려서 큰 혼란을 초래하게 된다. 상위 연
결핀이 일관된 방침을 유지하지 않으면 조직은 혼란에 빠져서
약체화되는 것이다.

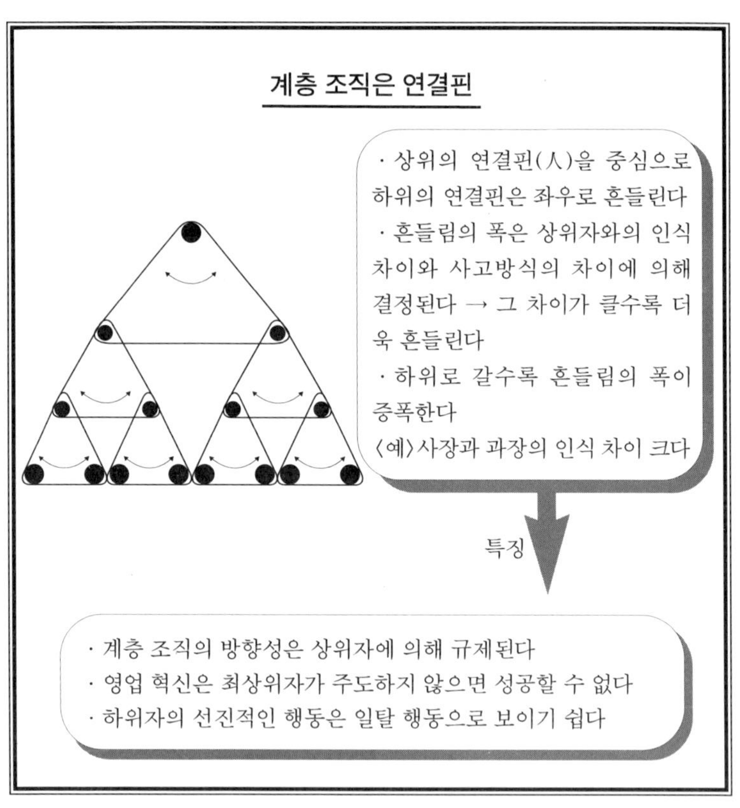

조직에서의 톱과 부하의 지휘권

계층 조직은 상위자에 의해 방향성이 결정된다

◆ 상황 변화에 대응하는 명령 계통

손자는 조직과 조직의 지휘에 대해 다음과 같이 말했다.

"임금의 명령에도 들어서는 안 되는 명령이 있다[구변편(九變篇)]."

설령 군주(톱)의 명령이라 해도 따르지 않아도 되는 경우가 있다는 뜻이다. 하지만 그러면 조직의 명령 계통이 흐트러져서 내부를 통솔할 수 없게 되지는 않을까?

이 가르침에는 다음과 같은 전제가 있다.

조직의 톱은 전략의 최종적인 결정권을 갖는다. 그 결정에는 조직이 하나가 되어 따르지 않으면 안 된다. 또 리더에게는 부하들이 그 전략을 철저하게 따르도록 하고 지휘할 권한이 있다. 그러나 전략에 대응하는 전술에 있어서는 부하가 전략 방향을 이탈하지 않는 한 전투의 세부적인 면에 대해 참견을 해서는 안 된다. 이것이 병법의 철칙이며, 이 철칙은 한 나라의 정치와 기업 경영에도 적용되는 것이다.

전략과 전술을 결정한 후에는 현장 지휘관에게 실행을 맡겨야 한다. 그러나 실행할 때에는 상황의 변화에 대응해야 하므로 톱은 작전 행동을 현장에 맡기고 간섭하지 말아야 한다. 현장의 상황을 모르고 간섭하면 현장의 전술과 지휘 계통이 혼란에 빠져서 전국에 큰 영향을 미치게 되기 때문이다. 그 때문에 현장의 상황에 따라서는 전략 방향을 이탈하지 않는 한 리더의 명령을 따르지 않아도 좋다. 이것은 임기응변을 요구하는 현장의 움직임을 제약하지 않기 위해서이다. 이 철칙을 지켜야만 조직 전체가 기능적이고 활성화되는 것이다.

◆ 조직을 지휘하는 자세

손자의 가르침을 통해 조직을 강하게 만드는 지휘의 방법은 다음과 같은 것임을 알 수 있다.

① 톱은 작전을 실행하는 현장의 지휘에 개입해서는 안 된다. 단, 그 작전이 정치적 · 전략적 방향으로부터 이탈해 있을 경우는 예외이다.

② 톱은 현장의 판단과 결정에 참견해서는 안 된다. 단, 그것이 조직의 체제와 관련되어 있을 경우는 예외이다.

③ 톱은 현장의 내부 사정을 파악하지도 않고 구성이나 인사에 간섭해서는 안 된다. 그러면 현장을 혼란에 빠뜨리게 되기 때

문이다.

④ 톱은 현장의 지휘 계통을 무시하고 지령에 간섭해서는 안
된다. 단, 톱이 현장에서 지휘권을 잡을 경우는 예외이다.

톱은 조직의 모든 권한을 장악하되 신뢰할 수 있는 인물에게
현장을 맡긴 후 한발 물러서서 대국에 눈을 돌려야 한다. 그것이
조직을 반석 위에 올려놓는 토대가 되는 것이다.

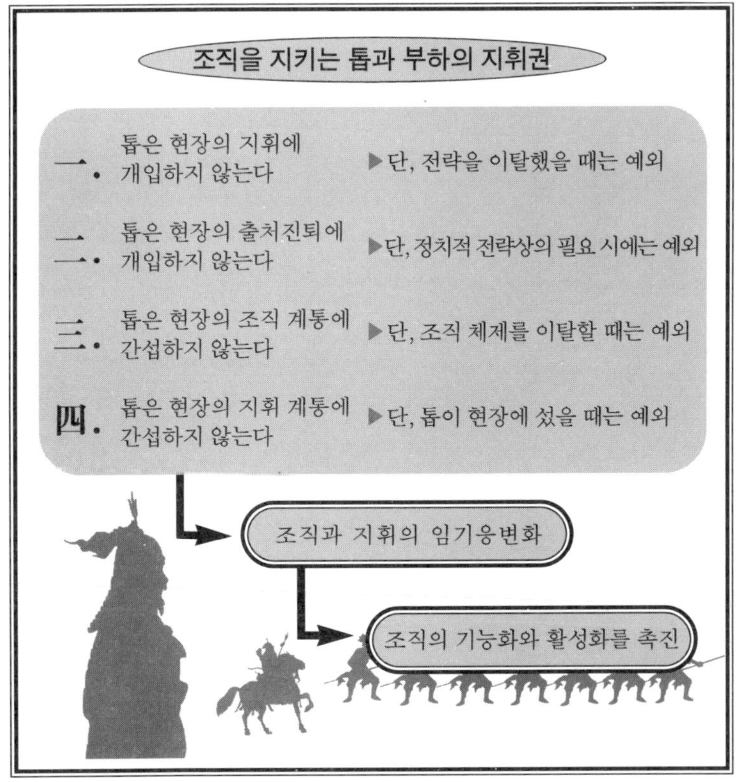

조직의 비대화는 대기업병의 시작이다

세세한 곳까지 손이 미치는 대기업이 되어라

◆ 대기업병의 방지

회사가 창업기에 소규모일 때는 적은 인원으로 생산, 판매, 유통, 회계 등 회사의 전반적인 동향을 파악해야 하기 때문에 회사 전체를 파악하기도 쉽다. 또 고객과 접할 기회도 많아서 기업의 상황을 리얼하게 느낄 수 있다.

그러나 조직이 커지면 커질수록 담당 범위는 좁아지게 된다. 담당 범위가 좁아지면 기계적으로 반복해야 하는 업무가 늘고 회사 전체가 보이지 않게 된다. 결국 대기업병에 걸리지 않기 위해서는 기동성있는 조직을 만들 필요가 있다.

◆ 집행 간부 제도란

집행 간부 제도는 비대화된 경영 회의에 돌을 던지는 간부의 조직 혁신이다. 대기업이 되면 간부의 수는 30명 전후가 된다.

30명의 간부가 모여서 경영 회의를 하면 전략을 토론하는 것이 불가능해지고 회의는 업적 보고로 끝나게 된다.

사원들에게 구조 조정(Restructuring)을 밀어붙이고 간부들만 안전권에 있어서는 사원들도 사기를 잃게 된다. 따라서 간부를 10명 이하로 줄이고 나머지는 집행 간부(사법상의 이사가 아님)로서 사업부의 제1선에서 진두 지휘하는 경영 조직 혁신을 집행 간부 제도라고 한다.

경영 회의는 10명 이하의 간부로 회사의 전략을 담당하고 집행 간부는 사업부의 최고 책임자로서 사업부의 전략과 회사의 전술을 담당하는 것이다.

◆ 컴퍼니(Company) 제도란

컴퍼니 제도는 중장기적으로 사업 경영을 생각하는 인재를 육성하는 조직 전략으로 주목받고 있다.

컴퍼니 제도와 종내의 사업부 제도의 다른 점은 컴퍼니 제도에서는 B/S(대차대조표)까지 책임을 진다는 점이다. 컴퍼니는 본사로부터 자금을 빌려 금리를 지불한다. 컴퍼니를 숭상기 시껌으로 경영하는 것은 컴퍼니의 사장인 프레지던트(President)이다.

◆ MBO란

MBO(Management Buy Out)란 컴퍼니 제도를 더욱 진화시킨 것으로 기업의 전부 또는 일부 사업부나 계열사를 해당 사업부나 회사 내에 근무하고 있는 경영진과 임직원이 중심이 되어 인수하는 것을 말한다.

요즘 주식 시장에서는 모회사의 주가보다 자회사의 주가가 높은 기업을 많이 볼 수 있다.

대기업의 일부가 되어 자유를 빼앗기는 것보다는 시장의 경쟁 원리에 대응하여 경쟁력과 기동성을 갖추는 것이 기업을 더욱 성장시키는 방법이다.

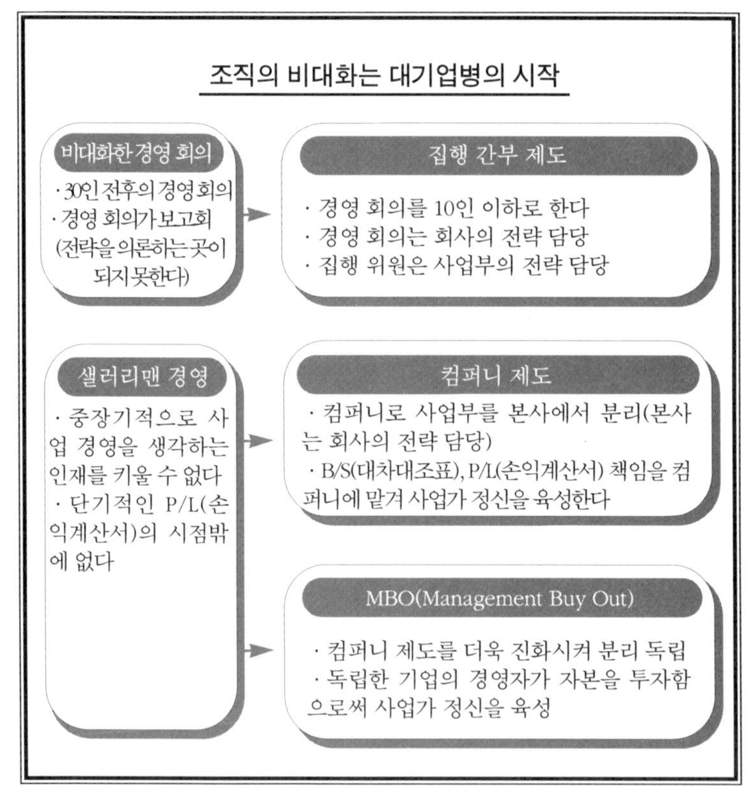

병사는 많다고 좋은 것이 아니다

세세한 곳까지 손이 미치는 대기업이 되어라

◆ 톱과 부서 책임자와의 관계

톱이 각 부서의 책임자를 제치고 직접 지시나 명령을 내리는 것은 조직의 약체화를 초래한다는 것을 '병법 36항'에서 이미 언급한 바 있다.

손자는 다음 세 가지를 톱이 지켜야 할 마음가짐으로 꼽았다 [모공편(謀攻篇)].

① 현장에서의 판단과 결정은 현장의 책임자에게 맡기고 참견하지 않는다.

② 부서의 내부에는 간섭하지 않는다.

③ 조직의 명령 계통을 무시하고 명령을 내려서는 안 된다.

이 세 가지 마음가짐을 바꿔 말하면 기능 분화한 부서의 책임자를 신뢰하라는 뜻이다. 만약 책임자의 지시가 잘못되었다고 판단되면 톱은 직접 책임자에게 명령하면 된다.

이 톱과 부서 책임자의 원칙적인 관계는 비대화된 조직에는 특히 필요한 것이다. 기능을 분화하여 각각 책임을 맡음으로써 기동성과 경쟁성을 키우고 톱은 그 전체를 통솔해야 하는 것이다.

'손자병법'에는 이런 말이 있다.

"무릇 장군(부서의 책임자)이란 군주의 보좌역이다. 보좌역과 군주의 관계가 친밀하면 나라(조직)는 반드시 강대해지고, 반대로 양자의 관계에 틈이 나면 나라는 반드시 약해진다[모공편(謀攻篇)]."

◆ 상하 신뢰 관계를 쌓아라!

많은 인원을 수용하고 있는 조직은 필요해서 인원을 모은 것이지 무턱대고 사람을 늘린 것은 아니다.

인원의 필요성을 잊고 숫자만을 의지하면 조직은 와해될 수밖에 없다.

먼저 조직의 총합력을 집중시켜서 경쟁 상대의 정보를 충분히 수집해야 한다.

"병사의 수가 많다고 좋은 것만은 아니다. 마구 공격하지 말고 전력을 집중시키며 적의 파악에 힘을 써야만 비로소 승리를 거둘 수가 있는 것이다[행군편(行軍篇)]."

이 경우 조직의 총합력이란 물론 전체의 힘을 말한다. 여기서 문제가 되는 것은 분화된 부서가 각각 만전의 태세를 갖추고 있느냐이다.

즉, 부서의 책임자와 그를 따르는 사람들의 관계가 얼마나 양호하며 사기는 얼마나 불타오르고 있는지가 중요한 것이다. 한 부서가 만전의 태세를 취하고 있다 해도 다른 부서가 태세를 갖추고 있지 않다면 총력은 격감하게 된다.

그것을 방지하려면 각 부서의 필요성을 제시해야 한다. 만약 필요성이 없다면 그 부서와 인원들을 다른 부서와 통합하거나

폐지하면 된다.

손자는 조직의 총합력은 톱이 부서 책임자를 얼마나 신뢰하고 병사가 상사와 톱을 얼마나 신뢰하느냐에 달려 있다고 주장했다.

프로젝트로 대기업병을 타파한다

소수 정예로 확실하게 목적을 달성하는 프로젝트

◆ 업무 목적을 우선하는 시대

프로젝트(Project) 방식은 업무 목적의 달성을 최우선으로 운영하는 방법이다. 프로젝트란 특정한 목표를 달성하기 위해 임시로 조직을 형성하여 활동하는 것을 말한다.

프로젝트에는 먼저 목적이 있어야 한다. 목적이 없는 곳에 프로젝트는 존재하지 않는다. 즉, 프로젝트 활동의 최대 관심사는 '얼마나 목적을 달성하는가' 이다.

◆ 우리 주변의 프로젝트

우리 주변에서 발생하고 있는 프로젝트를 생각해 보면 프로젝트의 성질을 쉽게 이해할 수 있다. 예를 들어 학교에서는 학원제나 운동회, 또는 소풍이나 수학 여행 등 일상적인 교과 학습과는 다른 형태의 이벤트가 개최된다. 이 이벤트는 일주일 단위로 반복되는 일반적인 교과 학습의 교육 과정(Curriculum)과는 다른 활동이며 프로젝트이다.

기업에 비유하자면 일주일 단위의 교과 학습의 과정을 운영하는 것은 계층 조직이고, 학원제나 운동회 등의 이벤트를 기획하고 운영하는 것은 프로젝트 조직이다.

◆ 프로젝트는 비일상 업무이다

이 예를 통해 프로젝트는 특정한 목적을 달성하기 위한 비일상적인 활동이라는 것을 알 수 있다. 그럼 프로젝트에서는 무엇을 하면 좋을까.

만약 자신이 운동회 실행 위원이라면 무엇을 해야 할지 생각해 보도록 하자. 무엇을 위한 운동회일까, 어떤 운동회로 만들고 싶은가, 언제 어디서 하는 것이 좋을까, 어떤 계획을 세워야 할까, 어떻게 준비해야 하고 어떤 기자재를 조달해야 할까, 역할 분담은 어떻게 할까, 비가 내리면 중지되는 것은 아닐까 등 생각해야 할 일과 실행해야 할 일은 잔뜩 있을 것이다.

◆ 왜 프로젝트인가?

이처럼 프로젝트를 진행하기 위해서는 지금까지의 일상과는 다른 방식이 필요하다. 따라서 종내와 비슷한 방식으로는 목표를 달성할 수 없다. 단, 조직의 기존 방식이나 룰로 목표를 달성할 수 있다면 기존의 조직에서 하면 된다.

　그러나 요즘에는 기존의 조직으로는 해결할 수 없는 목표가 증가하고 있다.

　이 책의 테마인 경영 전략은 프로젝트를 진행함으로써 현 상태에 얽매이지 않는 활동을 가능하게 할 수 있다.

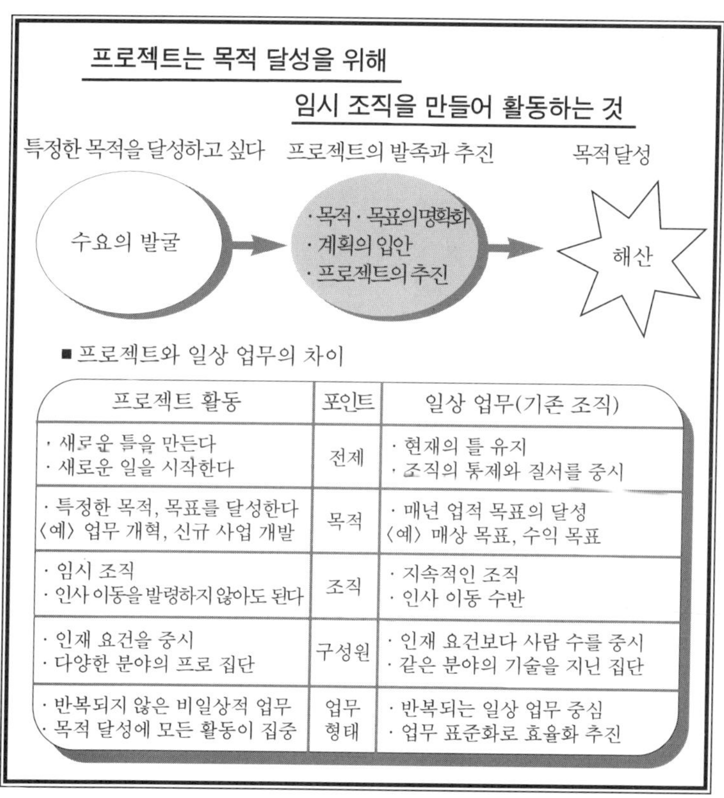

프로젝트 활동	포인트	일상 업무(기존 조직)
· 새로운 틀을 만든다 · 새로운 일을 시작한다	전제	· 현재의 틀 유지 · 조직의 통제와 질서를 중시
· 특정한 목적, 목표를 달성한다 〈예〉 업무 개혁, 신규 사업 개발	목적	· 매년 업적 목표의 달성 〈예〉 매상 목표, 수익 목표
· 임시 조직 · 인사 이동을 발령하지않아도 된다	조직	· 지속적인 조직 · 인사 이동 수반
· 인재 요건을 중시 · 다양한 분야의 프로 집단	구성원	· 인재 요건보다 사람 수를 중시 · 같은 분야의 기술을 지닌 집단
· 반복되지 않은 비일상적 업무 · 목적 달성에 모든 활동이 집중	업무 형태	· 반복되는 일상 업무 중심 · 업무 표준화로 효율화 추진

조직의 통솔력을 높이려면?

소수 정예로 확실하게 목적을 달성하는 프로젝트

◆ 난(亂), 겁(怯), 약(弱)에서 치(治), 용(勇), 강(强)으로 이끌어라

아무리 정예들만 모인 집단이라 해도 싸움을 할 때에는 혼란에 빠지거나 두려움에 떨거나 약해지는 법이다.

'손자병법'에는 이런 말이 있다.

"혼란은 다스림에서 생기고, 겁은 용기에서 생기고, 약함은 강한 데서 생긴다[병세편(兵勢篇)]."

통제의 유지와 흐트러짐, 용기와 두려움, 강함과 약함은 동전의 양면 같은 것이다. 어느 면이 나올지는 예측할 수 없지만 결과가 나온 후에 승부를 걸어서는 안 된다. 역시 평소에 집단을 훈련시켜 둬야 하는 것이다.

그것이 어느 면으로 나올지는 예측할 수 없지만 나온 후에 승부를 걸어서는 안 된다. 역시 평소부터 집단으로써 훈련해 둬야 하는 것이다.

에도 시대의 병법가인 야마가 소코우(山鹿素行)는 다음과 같이 손자의 가르침을 긍정적으로 해석하고 있다.

"평소 잘 훈련된 집단에서 발생된 혼란은 곧 회복된다. 진정한 용맹함으로부터 발생되는 두려움은 일시적인 것이다. 진정한 강함에서 비롯된 약함은 곧 본래의 강함으로 되돌아온다['손자언의(孫子諺義)' 의역(意譯)]."

명확한 목적 의식을 지닌 잘 훈련된 집단은 설령 '난(亂), 겁(怯), 약(弱)'이 발생한다 해도 그것은 일시적인 것이며 반드시 회복할 수 있다.

그러나 어설프게 구성된 제대로 훈련받지 못한 집단은 개개인이 뛰어난 능력을 갖고 있다 해도 '난(亂), 겁(怯), 약(弱)'이 발생하면 허둥대게 된다.

이것을 방지하려면 이미 결성된 집단을 다시 한 번 엄격하게 통솔하고 훈련해야 한다. 이때 조직의 통솔력이 시험대 위에 오르는 것이다.

◆ 조직을 움직이는 네 가지 심리 포인트

하나의 목적을 통해 구성된 조직을 통합하고 움직이려면 다음 네 가지 포인트가 필요하다[군쟁편(軍爭編)].

① 氣(사기) : 목표를 향하는 마음이며 목표를 획득하는 기력이다.

② 心(심리) : 목표를 반드시 달성할 수 있다는 확신을 주는 것

이다. 심(心)으로 인해 기(氣)는 보다 충실해진다.

③ 力(전력) : 충분한 자금과 대우를 보증함으로써 보다 높은 능력을 발휘하게 만들어서 목표에 도달하도록 한다. 력(力)에 의해 기(氣)와 심(心)은 더욱 충실해진다.

④ 變(변화) : 목표에 도달하기 위한 계획을 하나로 끝내지 말고 다양한 방책을 생각하여 상황에 유연하게 대응할 수 있도록 변화를 준다.

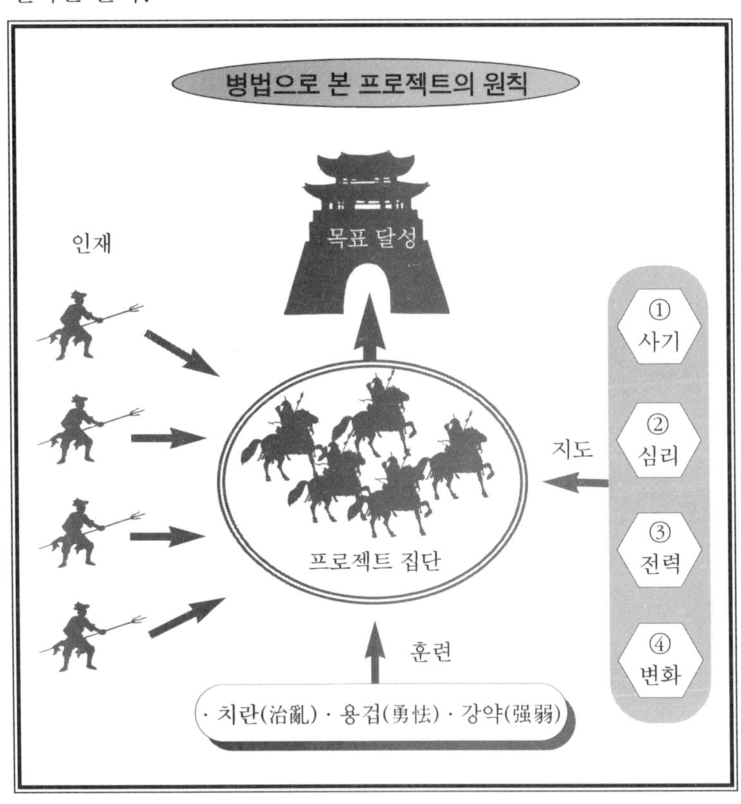

이상이 병법의 시점에서 본 프로젝트 사고방식의 원칙이다.

이 '기(氣), 심(心), 력(力), 변(變)'은 상황에 따라 하나하나 독립해서 취할 수 있는데, 원칙적으로는 네 가지를 모두 통합하여 전체적으로 지휘하는 것이 바람직하다.

사원이 전략을 논하는 기업은 강하다

경영 전략은 사원 한 사람 한 사람에게 정착되면 무한한 힘이 된다

◆ 경영 전략의 실행력이란

경영 전략의 실행력이란, 경영 전략이 조직에 얼마나 정착되어 있는가를 뜻한다. 경영자나 일부 관리직만이 자사의 전략을 이해하고 있어서는 조직을 움직이는 실행력이 될 수 없다.

경영 전략은 그림의 떡 같은 존재가 되어서는 안 된다. 반드시 조직에 정착해야 하는 것이다.

전략이 조직에 정착되어 있다는 것은 어떤 상황을 말하는 것일까?

그것은 바로 경영자에서 중간 관리직, 그리고 사원 한 사람 한 사람에 이르기까지 말로써 자사의 경영 전략을 논할 수 있는 상태이다.

경영자의 말을 앵무새처럼 따라해서야 자신의 말로 전략을 논했다고 할 수 없다.

예를 들어 경영자가 캐시 플로 경영을 추진하고 있다 해도 그
것을 앵무새처럼 따라하기만 해서는 앞으로 나아갈 수 없다. 캐
시 플로 경영이란 재무 부문에 있어서는 조기 자금 회수나 유휴
자산의 현금화일 것이다. 또 생산이나 판매 부문에서는 제품의
재고를 감소시키는 것이 중점 시책일 것이다.

이처럼 경영 전략은 각자의 직함과 직무에 따라 전략 실행 계
획으로 연결되는 구체적인 중점 시책으로 이해하지 않으면 안
된다.

◆ 경영 전략을 논할 수 있는가?

당신은 당신이 일하고 있는 회사의 경영 전략을 논할 수 있는
가? 당신이 일하는 회사의 경영 이념은 무엇인가? 당신이 근무하
고 있는 회사의 도메인, KFS, 코어 컨피던스는 무엇인가? 당신이
근무하고 있는 회사의 상품 전략과 기술 전략은 무엇인가?

이 질문에 망설이지 않고 대답할 수 있는 사람은 얼마 되지 않
을 것이다. 왜냐하면 대부분의 기업은 경영 전략이 조직의 내부
에까지 정착되어 있지 않기 때문이다.

◆ 경영 전략을 정착시키는 방법

경영 전략은 기본적으로 톱 다운(Top Down : 상명하달)이다. 그
러나 연도 실행 계획을 입안(立案)하는 단계에는 적어도 과장이
나 계장급의 참가가 필요하다. 실행 계획을 스스로 작성하면 경

영 전략에 애착이 생기고 실행 책임감이 솟아오르게 된다.

어느 우량 기업에서는 일반 사원들까지도 경영 전략 실행 계획에 참가시키고 있다. 이 회사에서는 이것을 '프로세스(Process) 주의'라고 부르고 있다. 연도 실행 계획을 작성하는 프로세스에 참가시킴으로써 사원들에게 자사의 전략을 인지시키고 있는 것이다. 사원들이 전략을 논하는 기업은 결코 패배하지 않고 착실하게 목표를 달성할 수 있는 회사가 될 수 있다.

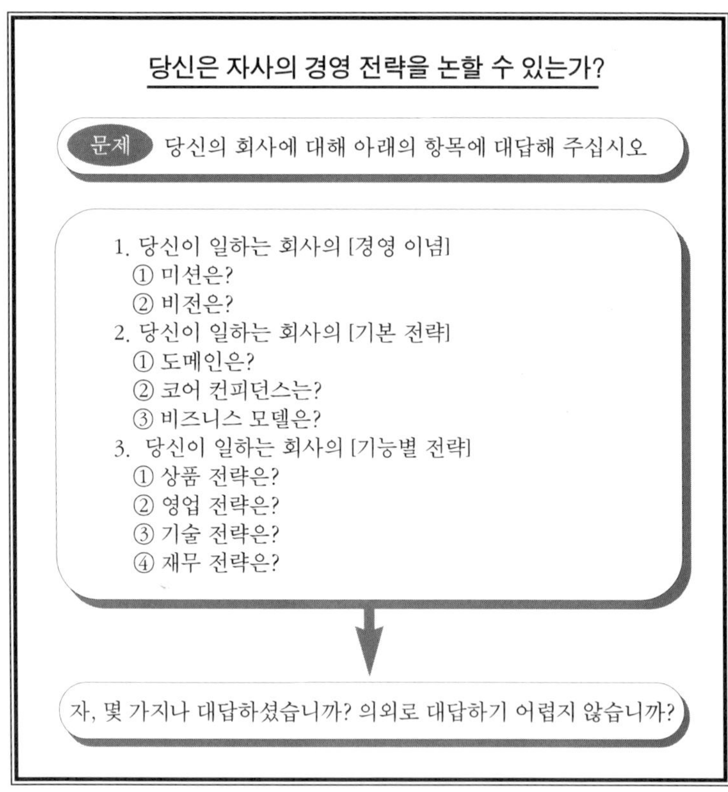

전략의 명시냐 '사지(死地)'에 세우느냐

경영 전략은 사원 한 사람 한 사람에게 정착되면 무한한 힘이 된다

◆ 전략은 명시해야 하는가

앞서의 '전략 39'에서는 사원들에게 기업의 경영 전략을 명시하여 사원 한 사람 한 사람이 전략을 파악하고 논할 수 있게 만들어야 한다고 말했다.

생산, 판매, 유통 시스템이 정비되고 세계의 정보를 빠르게 파악할 수 있는 현대 사회에서는 사원 한 사람 한 사람이 반드시 기업의 전략을 파악해 둘 필요가 있으며 또 그것이 기업의 전력으로 연결된다. 그러나 2,500년 전에 쓰여진 '손자병법'에서는 이렇게 주장하고 있다.

"병사들의 이목을 어리석게 만들어 알지 못하도록 하며, 그 하는 일을 바꾸고 계략을 고치되 사람들이 알지 못하게 하고, 그 거처를 바꾸고 길을 멀리 돌아가되 남들이 짐작할 수 없게 하여야 한다[구지편(九地編)]."

즉, 병사 한 사람 한 사람에게 전략을 알려줄 필요는 없으며 전술의 변경에 대해서는 물론 어떻게 행동할 것이며 무엇을 노리고 있는지도 알리지 말라는 뜻이다.

이것은 전략과 전술에 불만이 발생하는 것을 미연에 방지하고 적에게 정보가 새는 것을 막기 위한 것이다. 게다가 손자는 병사들을 절체절명의 상황으로 몰아넣어 필사적으로 싸우게 만드는 것이 지휘관의 임무라고 말하고 있다.

"이렇게 궁지에 몰아넣고 사생을 결단하게 하는 것, 이것이 장수 된 자의 임무인 것이다. 궁지에 서야만 활로가 열린다는 것을 잊어서는 안 된다[구지편(九地編)]."

'사지(死地)'란 싸우면서 앞으로 나아가는 것 외에는 살아남을 방법이 없는 상황을 말한다.

◆ 현대 경영과 병법의 차이점

현대 경영에서는 기업의 전략을 명시하고 사원들이 각자의 일터에서 열심히 일할 때 비로소 전략 목표를 달성하는 힘을 얻을 수 있다. 그것이 가능한가 불가능한가에 기업의 존망이 걸려 있는 것이다.

한편 병법에서는 병사들에게 전략과 목표를 명시하지 말고 행군시켜서 '사지'에 세우도록 하라고 가르치고 있다. 이것은 사원(병사)을 두뇌가 없는 하나의 장기말로 볼 것이냐, 아니면 한 사람 한 사람의 능력을 신뢰할 것이냐의 차이이다.

어느 것이 올바른 방식이고 어느 것이 올바르지 못한 방식인
지는 역시 조직의 기능이나 상황에 따라 달리 생각해 볼 필요가
있다.

현대의 기업과 군대를 예로 들자면 전자의 방식은 기업에 활
력을 불어넣지만 군대에서는 통솔을 흐트러뜨리고 정보 유출을
초래하게 한다. 특히 군대에서는 외부와의 교섭이 단절된 상황
에서의 전략과 전술이 명시되어 있다.

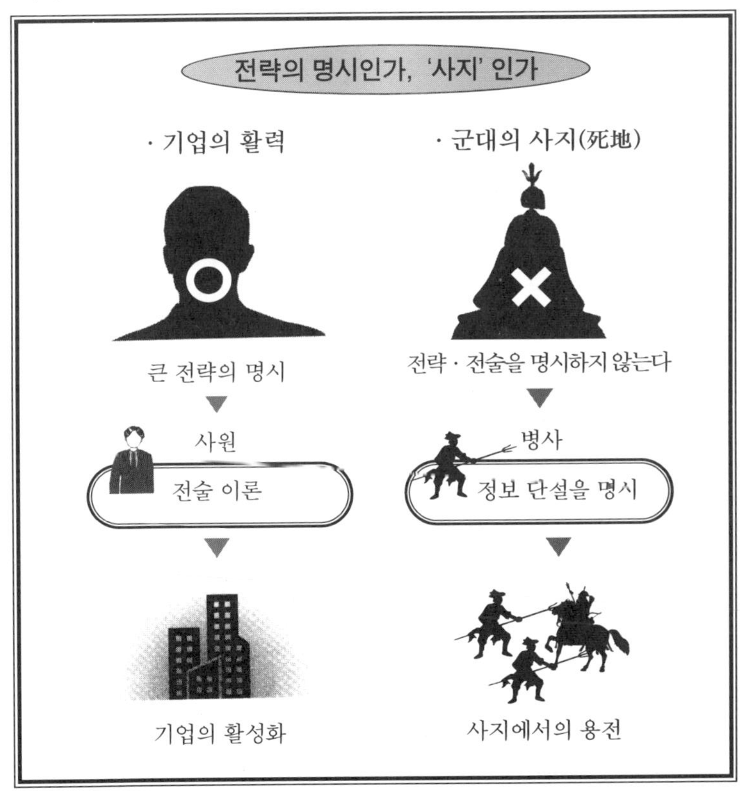

　　그러나 기업에서는 사원의 능력을 발휘하게 만들고 그것을 전
력으로 삼기 위해서는 대체적인 전략의 방향성을 제시하여 전략
목표를 획득하기 위한 전술을 토론하게 하는 것이 바람직하다고
하겠다.

새로운 시대의 예감과 기대로 설레며 맞은 21세기는 결국 20세기와 조금도 다를 바 없이 테러와 전쟁이라는 사건으로 시작되었습니다.

본래 전쟁 없는 시대와 싸움 없는 사회란 역사상 존재한 적이 없습니다. 전쟁을 긍정하는 것은 아니지만 이 현상에서 눈을 피할 수는 없는 것입니다.

한편 세계 경제와 일본 경제도 약육강식의 사회 원리는 그대로 남은 채 자본의 집중과 분산이라는 커다란 변화를 보이고 있습니다. 그 때문에 많은 기업들이 합병과 개혁을 강요당하거나 또는 도태되는 사태에 이르렀습니다.

이처럼 격변하는 시대에서는 '이기기 위한 전략'과 '살아남기 위한 전략'이 필요합니다. 즉, 지금의 국제 사회와 일본 기업은 전략과 전술을 생각하지 않으면 살아남을 수 없는 것입니다.

이 책은 니시무라 카츠미 씨의 '현대 경영 전략의 중요 포인트'와 옛날부터 많은 사람들의 지지를 받아온 2,500년 전에 탄생한 중국의 '손자병법(孫子兵法)'을 접목시켜서 동서고금(東西古今)을 막론하고 어디에서나 통용되는 전략의 대략적인 체계를 구축하고자 시도한 것입니다.

'손자병법'은 인간과 집단, 조직의 깊은 고찰에서 출발하여 전략, 전술, 용병, 정보 등에 대한 철저한 '승리의 법칙'을 가르쳐 주고 있습니다.

집단이나 조직, 그리고 전략을 만들고 움직이는 것이 인간이라면 그곳에서 보편적인 법칙을 찾을 수 있기 마련입니다. 그 때문에 '손자병법'에서는 시대와 상황 또는 문명과 문화가 달라도 그것이 인간에 의한 것인 한 보편성을 찾을 수 있다고 주장하고 있습니다. '손자병법'은 우주 전략을 세우고 있는 미국과 같은 선진국에까지도 연구되고 활용되어지고 있습니다.

또 현대의 경영 전략에도 병법의 기본적인 사고방식은 훌륭하게 통용되며 큰 도움이 됩니다. 오늘날처럼 불투명한 시대에 승리를 손에 넣기 위해서는 병법과 전략이 반드시 필요한 것입니다.

'병법'은 '손자병법'의 원칙과 원리를 중심으로 전개했습니다. 이것을 현대 경영 전략에 활용할 수만 있다면 두려울 것은 없다고 확신하는 바입니다.

주요 참고 문헌은 '손자(孫子)', '손자병법(孫子兵法)', '도설(圖說) 야마가류 병법'입니다. 함께 읽어주신다면 더욱 기쁘겠습니다.

마지막으로 공동 집필자인 니시무라 카츠미 씨와 동양경제신보사(東洋經濟新報社) 출판국의 마츠모토 타케히로(松本武洋) 씨에게 감사를 전합니다.

병법 담당 타케다 쿄우손

상대를 한눈에 꿰뚫는다!!
한눈에 알게 되는 그와 그녀의 속·사정(事情)!

■ **한눈에 상대방의 심리를 꿰뚫어 보는 법**
캄바 와타루 지음 / 김진수 옮김 | 값 8,000원

궁금하지 않나요?
상대가 어떤 사람인지, 나를 어떻게 생각하는지.

알고 싶지 않나요?
자신의 행동이 타인에게 어떻게 비춰지는지.

바라지 않나요?
보다 예쁘게, 좀 더 멋지게, 한층 더 의미있게,
상대에게 다가가기를.

**사소한 말과 동작에 나타나는 상대의 복잡한 심리!
간단히 파악하고 절묘하게 이용하여 처세의 달인이 되자!**

도서출판 **청어람** www.chungeoram.com ● TEL : 032-656-4452/54 ● FAX : 032-656-4453 ● Email : eoram99@chol.com

孫子兵法

● 시계편(始計篇)
－싸움을 시작하기 전의 기본 원칙과 승리의 방정식

● 작전편(作戰篇)
－최소의 투자로 최대의 효과를 올리는 단기 전략

● 모공편(謀攻篇)
－ '싸우지 않고 이기기' 위한 적과 아군의 전력 분석법

● 군형편(軍形篇)
－승리를 위한 조직 태세의 분석과 활용법

● 병세편(兵勢篇)
－조직을 움직이고 힘을 최대한으로 발휘하기 위한 기법

● 허실편(虛實篇)
－적의 허를 찌르는 집중성과 유연성의 전술 응용 원칙